KB010665

UNITED

그냥 떠났어

이영민 지음

North Sea

Europe

Asia

Africa

Indian Ocean

Oceania

Antarctic Ocean

North America

샌프란시스코

c Ocean

Atlantic

South America

Prologue

내 앞에 놓인 노트북, 연필, 물감 그리고 종이 한 장.
새하얀 종이는 언제나 두렵다.
어떻게 선을 시작할까, 무슨 색부터 사용해야 하나?
이 그림의 컨셉은 어떻게 해야 할까.
앗, 망쳤다!
이 난관은 어떻게 풀지? 다시 새로 그려야 하나?
그나저나 무엇을 그리면 좋을까. 쓸모 있는 그림을 그리고 싶은데...
지금 내가 왜 이걸 그리고 있을까.
종이는 한 장인데 펼쳐진 생각이 너무 많다.
생각은 부정적으로 흘러가기 마련이고 결국 우울해진다.
우울한 기분은 그림에 대한 자신감까지 잃게 하고,
나는 하는 수 없이 커피를 마시며 기분을 달래본다.
이것이 지난 1년 동안 지속되어 온 나의 일상이다.
똑같고 지루한 하루의 반복,

이것이 쌓여 하릴없이 시간만 빠르게 흘러간다.
다니던 회사를 관두었을 때 결심했던 것들,
내가 좋아하는 그림을 마구마구 그릴 것이라고.
실력 있고 개성이 넘치는 일러스트 작가가 되리라 다짐했던 나.
하지만 미래에 대한 불안과 현실의 벽에 막혀 무기력한 모습,
오히려 뒷걸음질 치고 있는 듯 보이는 그림 실력,
그리고 아무도 알아주지 않는 외로운 나의 그림들...
그림을 너무나도 좋아하는 내가
그림 때문에 아파야 했던 모순된 시간을 겪고 나니
나도 모르는 사이 웃음을 잃어가고 있었다.
더군다나 지금은 인생의 황금기인 20대가 아닌가.
뭐라도 작은 변화가 있었으면 했다.
지친 나에게 작은 위로와 앞으로 나아가기 위한 영감이 절실했다.
그러다 나도 모르는 사이에 여행과 관련된 그림으로

스케치북을 한 장 한 장 채워가고 있는

내 모습을 발견하게 되었다.

인터넷으로 '여행'이라는 단어를 검색하고,

여행 관련 책을 읽고,

지난 여행 사진들을 꺼내보는 내 모습이 보였다.

그렇게 나는 떠남을 갈망하고 있었다.

Contents

제비뽑기로 여행지를 정하다

'일단은 떠나자!'

한 달 동안 무작정 어디로든 여행을 떠나기로 결심했다. 이 반가운 설렘이 얼마만인가. 대학생 때는 참 많이도 다녔던 장기 여행이 사회인이 되고나니 남의 얘기가 된지 오래다. 그동안 가보고 싶은 곳도 참 많았고, 짧게라도 여행할 수 있는 기회가 있었음에도 불구하고 선뜻 결정을 내릴 수 없었다.

나는 더 이상 겁 없는 청춘이 아니니까.

나이가 들고 생각이 많아질수록 결정력과 실행력이 떨어져 갔고, 항상 핑계거리를 만들어가며 '다음에'라고 미뤄왔었다. 하지만 지금, 근심걱정은 고이 접어 날려버리고 일단 떠나고자 결심했다.

당장 들어오는 일도 없고, 찾아주는 이도 없겠다.

본래 아무것도 가진 것이 없는 자가 용감한 법! 지금이 기회다.

이제까지 다녔던 여행이 짧은 시간 이곳저곳 옮겨 다니며 많은 것을 보고 여러 친구들을 사귀었던 '속성 여행'이라면, 이번 여행은 한 곳에 머물며 오롯이 나와 내 그림에 집중하는 '느리고 여유로운 여행'을 해보고 싶었다. 뚜렷한 목적지 없이 낯선 거리를 거닐다 잠시 카페에 들어가 커피를 마시며 그림을 그리거나 책을 읽고, 새로운 음식을 맛보기도 하며, 한 달 동안 여행자 신분이 아닌 한 도시의 현지인이 되어 그곳에서 생활하고 싶었다. 그곳을 관찰하고 느끼고 스케치북 위에 나만의 감성을 담아 옮겨보고 싶었다.

여행 가기를 결정하고 봉착한 첫 번째 문제는 다름 아닌 '어디로 갈까'였다. 가보고 싶은 곳이 너무도 많았기 때문이다. 넓디넓은 지구는 내가 안 가본 곳들이 대부분이니 어디라도 내 마음이 동하는 곳이라면 상관없었다. 지금의 이 무기력한 기분에서 벗어날 수 있는 신선한 공간이라면 지금 당장 날아가고픈 심정이었다. 그래서 일단은 종이 위에 가고 싶을 곳들을 쭉 적어보았다.

뭄바이, 샌프란시스코, 뉴욕, 모스크바, 카트만두

인터넷으로 내가 작성한 리스트의 도시들에 대해서 간략히 알아보았다. 다 각자의 매력과 향기가 있는 곳들이었고, 내가 살면서 꼭 가보기를 꿈꿔왔던 도시들이었다. 어디로 가야할지 한 곳만 정하기가 너무 어렵다. 두세 곳으로 여행지를 늘려볼까도 생각해 봤지만 내가 처음에 정한 취지와 맞지 않기 때문에 눈 딱 감고 한 곳만 정하기

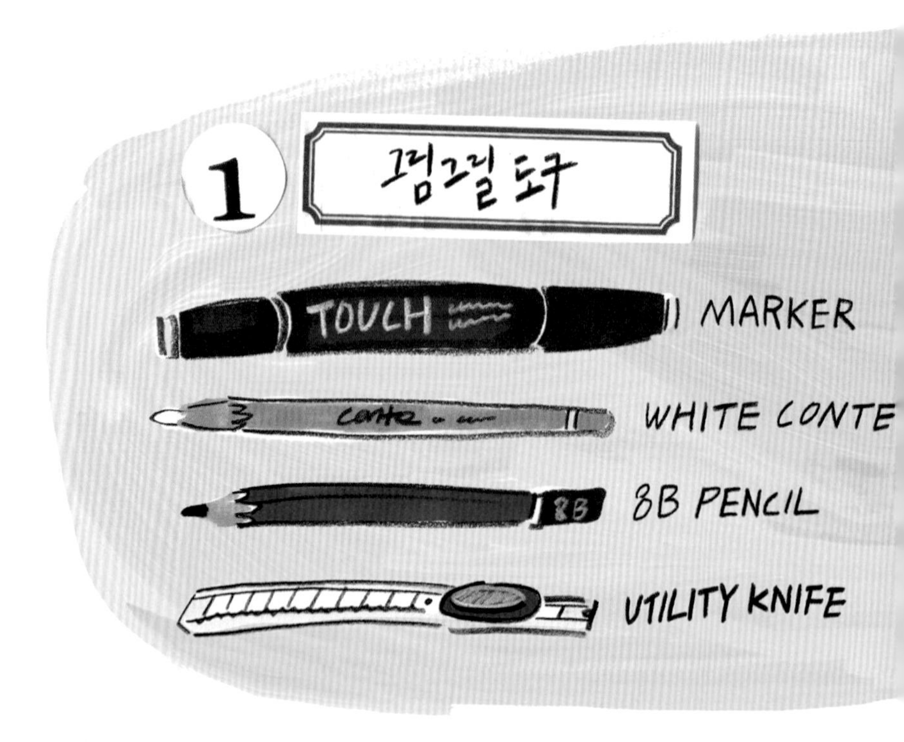

로 했다. 포기할 수밖에 없는 나머지 도시들에 대한 아쉬움이 크긴 하지만 어쩔 수 없다.

그러다 예전에 친구 진희가 여행 가고 싶은 도시가 너무 많아 선택하기 힘들 때 제비뽑기로 편하게 결정을 내렸다고 말했던 생각이 불현듯 떠올랐다.

그래, 나도 제비뽑기로 정해보자!

네모난 종이 위에 연필로 각 도시의 이름을 적고, 적당한 사이즈로 잘라 구겨서 마구 뒤섞었다. 어떤 도시가 나올지 무척 궁금하고 기대

되었다. 조심스레 구겨진 종이 하나를 선택해 펼쳤을 때 나온 이름

San Francisco

어감이 아름답다.

느낌도 좋다.

캘리포니아의 따스한 햇살과 푸른 하늘 밑으로 맞닿은 파란 바다,

초록빛 높은 언덕 위에 지어진 바람의 도시가 떠올랐다.

그래 이곳이다!

준비는 일사천리로 진행되었다.

여행의 시작은 역시 항공권 예매부터 시작되는 법. 일단 인터넷으로 적당한 표가 있는지부터 알아보았다. 내가 표를 고를 때 가장 중요시 한 부분은 역시 저렴한 가격! 그리고 기왕이면 직항. 날짜는 빠를수록 좋다. 다행히 여행 성수기도 아닐 뿐더러 국제 유가가 하락세에 있어서인지 4일 후에 출발하는 저렴한 티켓을 금방 찾을 수 있었다. 다만 밴쿠버를 경유해서 가는 표였는데 대기시간이 7시간가량 있는 것 빼고는 다 마음에 들었다. 카드 결제까지 완료하고 나니 이제 진짜 떠난다는 생각에 걱정 반 설렘 반이다. 자, 이제 4일 남았다.

그런데 아뿔싸!

4일을 나름 긴 시간이라고 생각했던 나는 준비 하나 한 것 없이 3일을 허무하게 흘려보내고 만다. 그러다 출발 전 날 갑자기 발등에 불이 떨어진 기분이 들었다.

샌프란시스코에 도착하면 어디부터 가야 하나?

그림 도구는 얼마큼 챙겨 가야 되지?

도착시간이 저녁 9시인데 혼자 숙소까지 가려면 위험하진 않나?

마음이 급해지니 또 생각이 많아지기 시작한다.

여행을 비교적 많이 다녀봤음에도 불구하고 출발을 앞두고는 항상 알 수 없는 초조함에 휩싸인다.

2
가방, 여권, 전자기기 등
Canon
EOS
CAMERA
SUITCASE
BAG
ADAPTER
PASSPORT
SUN GLASS
GLASSES
I PAD
CELL PHONE

침착하고 마음을 가다듬었다. 그리고 떠나기 전 딱 4가지만 하기로 한다.

'숙소 정하기, 환전, 도시 조사, 앱과 웹 사이트 알아 가기'

제일 먼저 숙소부터 구했다. 가장 걱정했던 숙소는 생각보다 손쉽게 해결되었다. 요즘 한참 뜨고 있는 '에어비앤비'라는 사이트를 통해 샌프란시스코의 숙소들을 둘러본 뒤 '비교적' 저렴하지만(샌프란시스코의 집 렌트비는 어마어마하다. 조그만 방 하나가 한 달에 최소 130만 원 정도) 깨끗해 보이는 곳을 선택해 바로 결제했다.

이후 은행을 찾아가 원하는 만큼 환전을 하고, 샌프란시스코에 대한 간략한 조사를 시작했다. '간략'이라 다짐했지만 조사는 해도 해도 끝이 없었다. 읽을거리는 너무 많은데 다 내 머릿속에 넣는 건 무리였다. 결국 꼭 필요한 앱과 웹 사이트만 알아둔 후, 짐 챙기기로 넘어갔다. 짐도 챙기다보니 현지에서 필요할 것 같은 건 너무 많았고, 다 가져가자니 부담이 되었다. 맘이 급해서인지 모든 게 엉성하게 처리되고 있는 것 같았다.

본래 여행지에 대한 조사는 한 번 시작하면 끝이 없고, 짐이란 챙겨도, 챙겨도 필요한 게 또 생각나는 법. 결국 다 내려놓고 짐도 마음도 가볍게 가기로 마음먹었다. 필요한 것이 생기면 현지에서 구입하면 될 것이고, 조사는 그곳에서도 맘껏 할 수 있지 않겠나.

'에잇, 뭐 어떻게든 되겠지. 그냥 돈이랑 여권만 잘 챙기자.'

그렇게 나의 한 달간의 방황이 시작되었다.

3
옷, 속옷, 신발 등
HALF SLEEVE
T-SHIRT
JUMPER
SLEEVELESS
SOCKS
HOODIE
PANTS
SHORTS
UNDERWEAR
TRAINING PANTS
SNEAKERS
CAP
TIGHTS

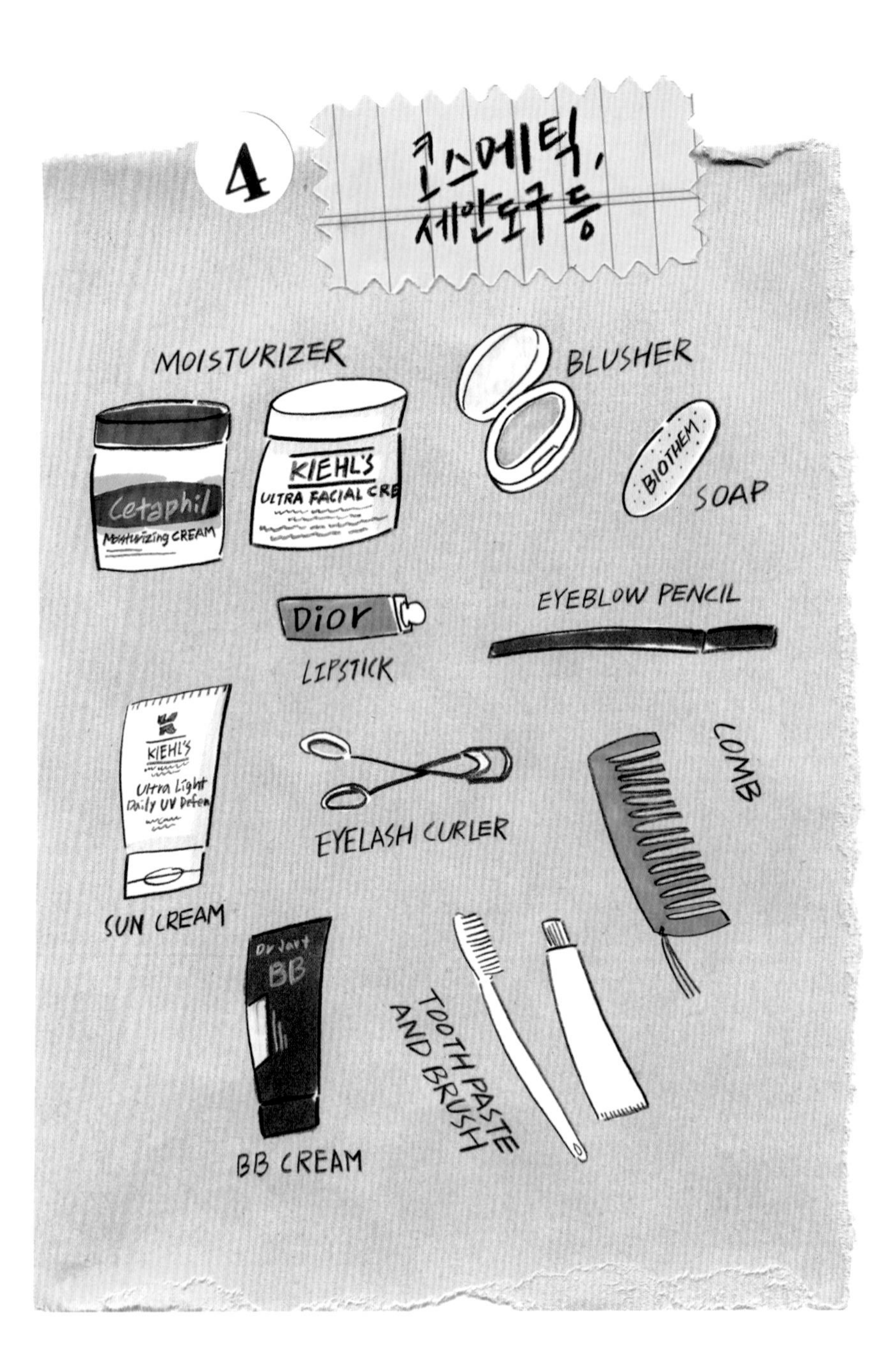
4
코스메틱,
세안도구 등
MOISTURIZER
Cetaphil
Moisturizing CREAM
KIEHL'S
ULTRA FACIAL CRE
BLUSHER
BIOTHEM
SOAP
Dior
LIPSTICK
EYEBLOW PENCIL
KIEHL'S
Ultra Light
Daily UV Defen
SUN CREAM
EYELASH CURLER
COMB
Dr.Jart
BB
BB CREAM
TOOTH PASTE
AND BRUSH

잘 다녀올게!

Hearts in San Francisco

AIR CANADA
비행기 탑승을
기다리며
UNITED

<Tip1>
샌프란시스코 여행에 꼭 필요한 웹&앱

Googlemap

필수 중의 필수! 와이파이가 되는 곳에서 가고 싶은 곳을 로딩만 해놓으면 이후 인터넷이 끊기더라도 GPA로 편안하게 현재의 위치를 확인할 수 있다.

SMART RIDE

타야 할 버스가 언제 올지 알고 싶다면 출발 전 미리 스마트라이드로 확인하자. 비교적 정확하게 버스 도착시간을 알려주므로 길에서 버리는 시간을 최소화시킬 수 있다.

정말 유명한 앱! 주변의 맛집 정보를 쉽게 확인할 수 있고, 리뷰와 평점도 상당히 많은 편이라 괜찮은 레스토랑 및 상점 등을 찾고 싶을 때 이용하면 좋다.

FUNCHEAPSF

샌프란시스코와 주변 지역에서 열리는 무료 혹은 저가 공연 및 행사 정보를 간편하게 확인할 수 있다. 행사의 횟수도 많고 종류도 굉장히 다양하기 때문에 저렴하고 특별한 여행을 원한다면 꼭 한 번 들어가 보시길.

남는 방을 여행자에게 제공한다는 비지니스로 시작한 서비스이기 때문에 현지의 일반 가정집을 직접 체험할 수 있으며, 예약 및 지불방식 또한 간편하다.

전 세계 각지에 있는 호스텔을 손쉽게 찾을 수 있고, 예약 수수료도 없기 때문에 많은 여행자들이 애용한다.

에어 캐나다의 그녀

드디어 비행기 탑승. 이제 10시간 동안 이 좁은 자리에서 옴짝달싹 할 수 없다. 이륙을 하고 비행기가 안정 궤도를 찾았을 때 즈음 가방에서 드로잉 노트와 미리 뾰족하게 깎아놓은 연필을 슬며시 꺼냈다. 긴 비행시간을 알차게 보내기 위해서 10장 이상 그리리라 마음먹고 스타트를 끊었다. 에어 캐나다 세이프티 카드에 있는 이미지를 따라 그려보기도 하고, 면세품판매 카탈로그를 보면서 손을 풀기도 했다.

내가 그리고 있는 그림이 마음에 들었는지 지나가던 승무원 언니가 엄지손가락을 치켜들며 말했다.

"어머, 이거 너무 예뻐요."

기분이 으쓱해진다.

한창 그림 그리기에 빠져 있을 때 즈음 첫 번째 식사가 나왔다. 아까 그 승무원 언니는 음식을 서빙해 주면서 자기 얼굴도 한 장 그려

달라며 씽긋 웃는다.

"그럼요, 물론이죠!"

내가 그녀의 얼굴사진을 찍으러 갔더니 진짜 그려 줄 거냐며 너무 좋아하는 모습에 나도 기분이 한껏 들떴다. 내 그림으로 다른 누군가를 행복하게 해줄 수 있다는 생각에 기분이 좋아진다. 내가 그려준 그림을 마음에 들어 할까라는 짧은 걱정 또한 잠깐 스쳐지나간다. 휴대폰 카메라를 들자 승무원 언니는 잠깐만 기다려달라고 말했다. 그러더니 거울을 꺼내 자신의 모습을 확인하고 매무새를 가다듬는다. 천생 소녀 같은 모습에 입가에 미소가 번졌다.

하나, 둘, 셋, 찰칵!

사진은 잘 나왔고, 나는 바로 그림 그리기에 돌입했다. 스케치 없이 마카로 쓱싹쓱싹 그렸더니 금방 예쁘게 완성이 되었다. 그리고 그림 옆에 '미소가 아름다운 에어 캐나다의 그녀'라고 연필로 적었다. 그림을 받고 좋아할 승무원 언니의 모습을 떠올리면서 스케치북에서 그림을 조심스레 떼어냈다. 비행기를 타기 전 그렸던 에어 캐나다 항공기 그림도 함께 떼어냈다. 그리곤 승무원 언니가 지나갈 때까지 기다렸다가 2장의 그림을 전달해 주었다. 얼굴에 함박웃음이 번진다.

아, 성공적이다!

"와, 고마워요, 정말 마음에 꼭 들어요! 집에 가서 액자에 예쁘게 넣어서 가장 잘 보이는 곳에 놓아두어야겠어요!"

사실 그동안 내가 왜 그림을 그려야 하는가에 대한 질문을 스스로에게 자주 던졌다. 그때마다 명확한 결론을 얻지 못했다.

그저 내가 좋아하니까,

항상 그림을 그려왔으니까,

그림 그리기로 인해 스트레스가 풀리는 순간도

많이 경험했으니까.

하지만 그림 그리는 걸 업으로 삼는 순간 이야기는 달라졌다. 목적이 있는 그림은 순수하게 그리던 그림과는 다른 차원의 것들이었다. 물론 일을 하면서도 즐거운 순간이 있었다는 사실은 부인하지 못한다. 그렇지만 그야말로 일로써 다가오는 순간이 더 많았다. 그럴 때면 힘들고 지치기도 하고 그림으로 인해 마음이 다치기도 했다. '때론 정말 내가 그림 그리는 일을 좋아하는 걸까?'라는 강한 의문도 들었다.

시간이 흐르면서 의문은 점점 강해졌다.

'나는 왜 그림을 그리는가?'

재미 그 이상의 좀 더 명확한 이유가 필요했던 것이다. 결국 나는 '내 그림이 사회에 쓰임이 있고, 이에 따른 가치를 만들어 낼 수 있어서'라는 결론에 도달했다. 그렇지만 오직 그것 때문이라면 다른 일을 하더라도 어느 정도 비슷한 가치가 있지 않을까?

오늘 나는 '다른 사람에게 행복을 줄 수 있기 때문에 그림을 그리겠다'는 다짐을 했다. 일로써 그림을 그리더라도 내 그림을 보면서 즐거워하는 사람들이 많을 수 있겠단 결론에 도달한 것이다. 내가 지향하는 느낌을 캐치하고 그것을 온전히 느껴줄 수 있는 사람들이 많을 수도 있겠단 생각이 들었다. 나는 행복해하는 그녀를 보면서 그럴 수 있다는 자신감이 생겼고, 앞으로도 계속해서 내 그림을 보며 사람들이 기뻐해주었으면 좋겠다는 생각을 하게 되었다.

웃는 그녀로 인해 다시 한 번 힘을 얻게 된다.

비행기 내부에 불이 꺼지고 어둑어둑해졌다. 잠잘 시간인가보다. 내가 테이블 위에 그림도구를 정리하고 있을 때 즈음 승무원 언니가 내 자리로 왔다.

"이거 선물이에요!"

에어 캐나다 마크가 새겨진 작은 손전등이었다. 뜻밖의 작은 선물에 기분이 좋아졌다. 아마도 그것을 이용해 어둠 속에서 그리던 그림을 마저 그리라는 의미였겠지만 나는 세상모르고 잠이 들어버렸다.

에어 캐나다의 그녀, 이름도 모르고 성도 모르는 그녀지만 그림을 받고 내게 보내주었던 아름다운 미소만큼은 기억에 단단히 남는다.

내겐 참 고마운 그녀다.

1 기내식 줄 때가 가장 좋았다.

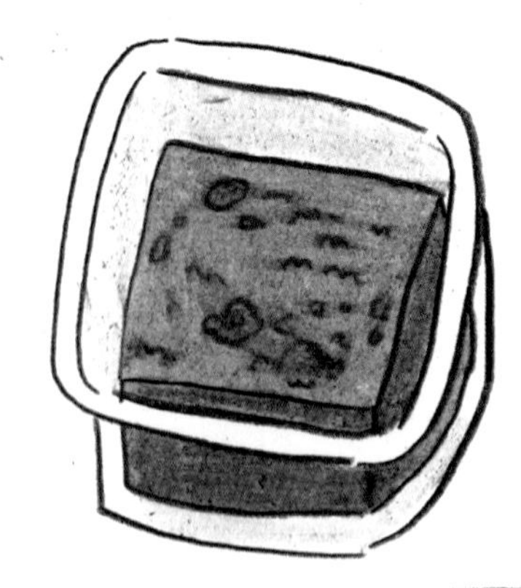

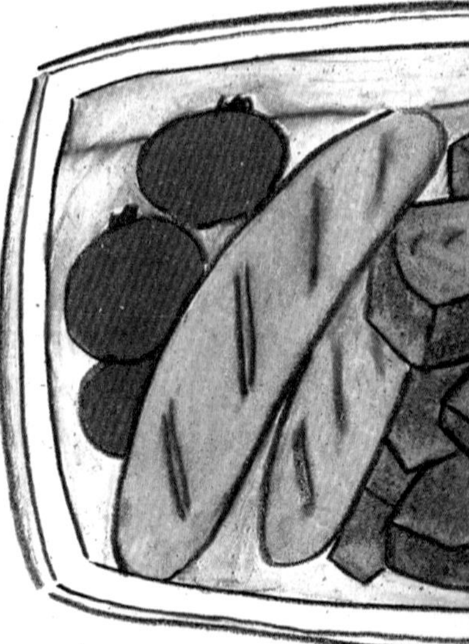

MOLSON
CANADIAN

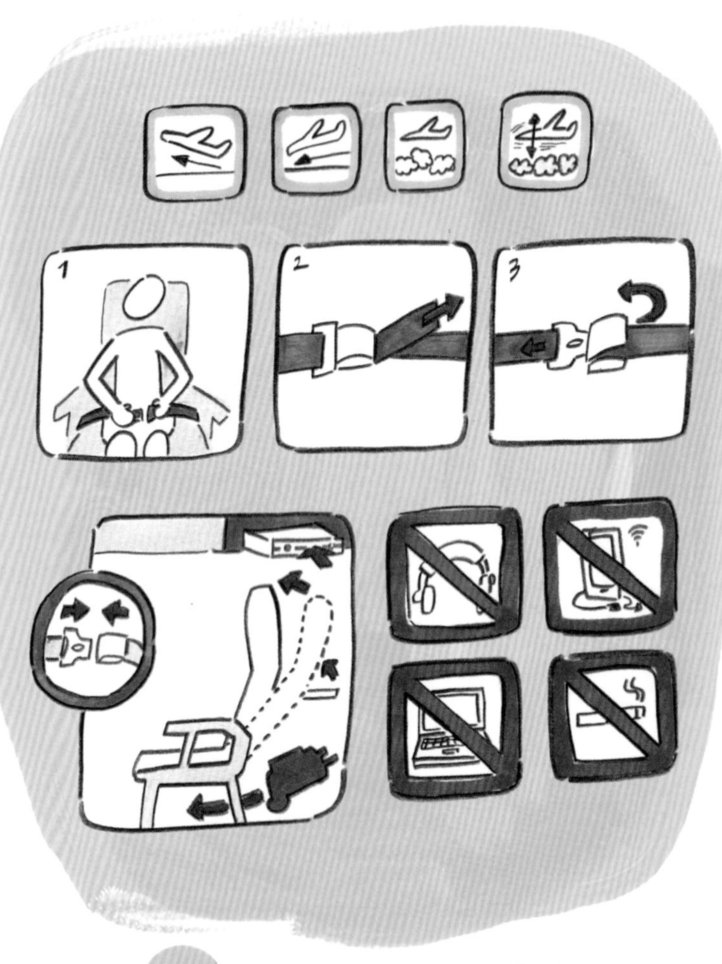

2 For your safety

3 구름 위로 날다.

핑크색 집에서 둥지를 틀다

긴 비행시간을 마치고, 드디어 샌프란시스코 입성에 성공했다! 공항을 빠져나오며 신선한 밤공기를 한껏 들이마신다. 포근하고 적절한 온도의 공기가 콧속에 퍼지니 정신이 한결 또렷해진다. 하늘을 올려다보니 칠흑같이 까만 우주 안에 흩뿌린 반짝이는 보석들을 보는 듯하다. 수많은 별의 흔적들은 내 여행의 시작을 축하라도 하듯, 반짝이고 있었다. 이곳의 밤은 고요하지만 광활하고 화려했다.

샌프란과의 첫인사도 잠시, 밤늦은 시간인 만큼 정신을 제대로 차리고 내가 예약해 둔 숙소를 찾아 발걸음을 옮겨본다. 일단은 '바트'라는 샌프란시스코의 전철을 타고 글랜파크 역으로 가야 한다. 늦은 시간이지만 바트 승강장에는 각자의 공간으로 향하기 위해 열차를 기다리고 있는 여행객들로 북적였다. 열차에 오르고 편한 곳에 자리를 잡고 앉아 사람들을 구경했다.

뚱뚱한 사람,

홀쭉한 사람,

멀대같이 큰 사람,

까만 피부,

하얀 피부,

덥수룩한 수염,

레게머리,

여장남자 등

한국에 비해 훨씬 다양한 관경에 눈이 즐거워진다. 이러한 다양성이 미국의 가장 큰 강점이 아닐까 하는 생각이 들었다. 다양한 외모

만큼이나 다양한 문화와 생활의 융합이 이 나라를 더욱 굳건하게 해주는 건 아닐까.

이런저런 생각을 하다 보니 글랜파크 역에 금세 도착해 있었다. 늦은 밤이라 그런지 공기가 제법 쌀쌀했지만 한국의 늦겨울 추위를 견디고 온 나에게는 포근한 산들바람과 같이 친절하게 느껴졌다.

나는 구글맵을 띄우고 무작정 숙소를 향해 걸었다.

캐리어를 끌고 가며 내 방은 어떤 모습을 하고 있을까,

깨끗하게 잘 정돈되어 있을까,

마크라는 집 주인은 어떤 목소리를 갖고 있을까 상상해보았다. 짐은 무거웠지만 바트 역과 그리 멀지 않은 거리 때문인지 무사히 잘 도착할 수 있었다. 나는 연한 핑크색으로 칠해진 이층집 앞에 서서 초인종을 지그시 눌렀다.

"띵동!"

벨을 울리니 집주인 마크가 기다렸다는 듯이 문을 열어 반겨준다. 늦은 시간이었지만 나의 도착을 기다려 준 마크가 고마웠다.

"오 당신이 영민이군요. 만나서 반가워요!"

마크는 빠르게 집의 구조를 설명하고 이용법을 안내해줬다. 집은 1, 2층 입구 분리가 잘되어 있어 2층에서도 편안하게 들락날락할 수 있는 구조였다. 2층에 있는 현관문을 열면 바로 거실과 부엌이 보인다. 부엌은 다른 방에 묵고 있는 사람들과 공유해야 했다. 부엌을 지나면 왼쪽으로 방 하나가 나오는데 그 방이 바로 내가 묵게 될 방이다.

마크는 나를 방으로 안내했다. 방 안에 화장실이 따로 마련되어 있어 내 집처럼 편안하게 사용할 수 있었다. 마지막으로 현관문 비밀번호가 적힌 종이와 방 열쇠를 받으며 설명은 마무리되었다. 마크는 현재 다른 집에 살고 있다며 이만 가봐야겠다고 했다.

한 달 동안 편안하게 지내라는 말과 함께.

나야, 뭐 집주인이 없다면 더 편하고 좋을 것 같았다.

잘 가요, 마크!

마크가 떠난 뒤 나는 내 방을 찬찬히 둘러보았다. 넓고 푹신한 침대가 가장 마음에 들었다. 노란색 조명도 마음에 쏙 들었다.

긴 비행시간으로 씻지 못해 머리카락도 떡진 상태였고 근육도 지친 상태였기에 따뜻한 샤워가 간절했다. 옷을 벗어던지고 화장실로 들어가 샤워기의 물을 트니 강하고 따뜻한 물줄기가 머리 위로 쏟아져 내렸다. 물은 내 몸뿐만 아니라 마음까지도 따뜻하게 데워주었다.

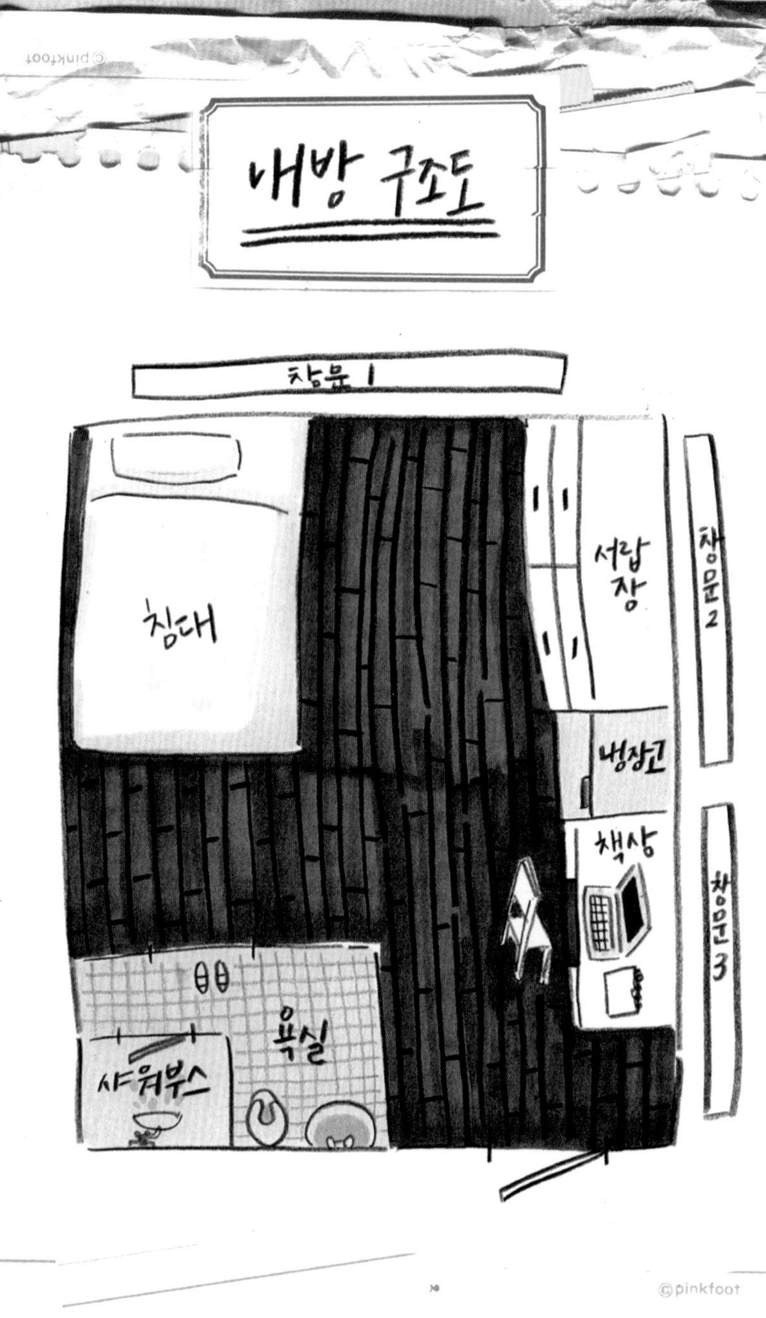
내방 구조도
창문 1
침대
서랍장
창문 2
냉장고
책상
창문 3
욕실
샤워부스
©pinkfoot

짧은 샤워를 끝내고 머리를 말리고 나니, 잠이 솔솔 온다.

오늘은 아무런 꿈도 꾸지 않고 꿀잠을 잘 것만 같다. 포근한 침대에 누워 깨끗한 이불로 몸을 돌돌 감싸고 이곳에 오기까지의 일들을 찬찬히 되짚어 본다. 아무런 문제없이 이곳에 잘 도착했고, 급하게 찾느라 조금은 아쉬웠던 방 또한 기대 이상으로 마음에 쏙 들었다. 내가 염려했던 모든 게 쓸데없는 걱정이 되어버리는 순간이었다. 여행을 떠나기 전까지는 알 수 없는 답답함이 있었는데 떠나오자마자 마치 마술이라도 부린 듯, 행복이 내 마음속 한편에 둥지를 틀기 시작했다.

여행은 시작부터 나에게 자유로움을 주었다.

얽히고설킨 현실에서의 고단함을 잠시나마 멈추게 해주는

마음의 자유를.

고요한 샌프란의 밤을 좀 더 즐기고 싶었지만 포근한 이불과 살을 맞대고 있으니 어느새 나도 모르게 잠이 쏟아지기 시작한다. 잠들기 전 마음속으로 작게 속삭여 본다. 샌프란시스코, 한 달 동안 잘 부탁해!

첫아침, 첫만남

현재 시각 새벽 4시.

시차 때문인지 잠에서 일찍 깼다. 하늘은 아직 어둑어둑한데 내 정신만은 또렷하다. 아무런 계획도 없이 왔기 때문에 오늘 당장 무엇부터 해야 할지 고민이 된다. 어차피 지금 나가기엔 너무 이른 시간이므로 간단히 오늘 일정을 정하고, 방에서 새벽 드로잉을 시작해 본다.

쓱싹쓱싹-

내 연필 소리 외에는 아무 소리가 들리지 않을 만큼 고요하다. 마치 이 도시 안에 깨어있는 사람은 오직 나뿐인 것 같은 착각이 든다.

그림에 한창 빠져 있는데 해가 떠오르고 서서히 하늘이 밝아진다. 어둠과 밝음 사이를 연결하는 그러데이션이 참 아름답다. 밝음은 이내 빠르게 치고 들어와 하늘 전체를 하얀 빛으로 뒤덮는다. 밖에서는 새들이 지저귀기 시작한다. 샌프란에서 맞이하는 첫 번째 아침이다.

창문을 열고 공기를 한껏 들이마셔 본다. 조금 차갑지만 맑고 청명하다. 나는 기분 좋게 첫 외출을 준비해본다.

준비를 마치고 방을 나서는데 웬 키가 큰 남자 한 명이 부엌에서 베이글에 크림치즈를 바르고 있다. 베이글 샌드위치를 만들려는지 여러 가지 재료 또한 꺼내져 있었다. 그 옆에 있는 커피포트에서는 신선한 커피가 내려지고 있고 기분 좋은 커피향은 부엌을 한가득 메우고 있다.

베이글을 들고 있는 그는 내 바로 옆방에 살고 있는 남자였다. 그의 첫인상은 그렇게 커피향기와 함께 내 기억 속 한 부분에 자리 잡게 되었다. 우리는 어색하게 웃으며 서로의 이름을 주고받았다.

이름은 루카.

국적도 나이도 모르는 그였지만, 왠지 첫 만남부터 편안하게 느껴진다.

주카의 아침식사

bagle
lettuce
Hot source
tomato
cream cheese
chickin
Cheese
Jalapeño

내가 여행하며 그림 그리는 법

1. 위치 선정

편하게 그림을 그리기 위해서는 위치 선정이 중요하다. 나는 보통 카페에 가면 창밖 풍경이 잘 보이는 창가자리를 택한다. 야외에서는 간단히 선 채로 쓱쓱 그리기도 하지만 자리를 잡고 앉아야 하는 경우도 참 많다. 그때는 그늘진 곳(내 피부는 소중하니까), 그리고 사람들이 너무 붐비지 않는 곳이 좋다. 또한 그리고자 하는 대상의 각도가 예쁘게 잘 나오는 곳이 좋기 때문에 여러모로 까다롭게 따져가며 자리를 골라야 한다.

디자인이
멋진 간판들이
참 많다.

STONEHOUSE
OLIVE OIL

IMPERIAL
TEA COURT

BOUDIN
SINCE
B
1849
SOURDOUGH

SAN FRANCISCO
FISH COMPANY

점심먹고,
후식도
먹고,

간식까지 챙겨먹는
나란여자.

2. 재료 준비

나의 경우 집에서 그릴 때와 카페에서 그릴 때, 그리고 야외에서 그릴 때 전부 다르다. 집에서 그릴 때는 가지고 있는 모든 재료를 활용할 수 있다. 연필, 마카, 색연필은 물론이고 수채화 물감, 먹물 등 원하는 대로 다 동원할 수 있기 때문에 풍부한 그림을 기대할 수 있다.

카페에서 그림을 그리게 될 땐 아무래도 물감은 잘 사용하지 않게 된다. 붓을 빨고 더러운 물을 가는 작업이 필요하기 때문에 조금 번거롭다. 또 작업을 하다가 혹여 물감이 주변 사람에게 튈 수도 있기 때문에 연필이나 색연필과 같은 건 재료, 혹은 마카를 주로 사용한다.

야외에서만 그림을 그리기로 한 날은 이보다 더 간단하게 준비를 해서 나가곤 했다. 일단 야외로 나온 목적은 여행 및 구경을 하기 위한 목적도 있으므로 가방을 최대한 가볍게 싼다. 주로 연필과 마카 몇 자루만 챙겨 가기 때문에 색깔이 많이 제한되기도 하는데, 이 덕에 더 심플하고 좋은 그림을 얻을 때도 많다.

반면에 집에서 그릴 때는 재료의 선택도 다양해지고 컬러도 풍부하게 쓸 수 있어 풍성한 그림을 그릴 때도 있지만, 슬프게도 난잡한 그림을 얻게 되는 경우도 적지 않았다.

마트에 가면 치즈도 팔고,

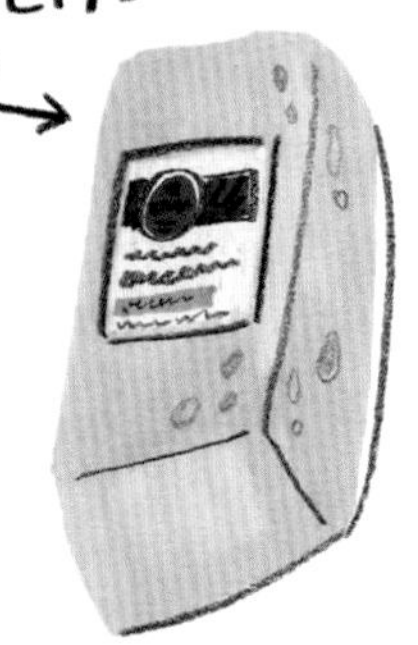

MEDIUM
CHEDDAR
CHEESE

COLBY
JACK CHESSE

예쁜
꽃도 판다.

베이지역 야생식물 관찰기

GUMPLANT
CALIFORNIA
BAY
TOYON
RUBY
SALTBUSH
FRENCH
BROOM

3. 대상 찾기

재료 준비가 되었으면 그릴 만한 대상을 찾아야 한다.

보통 집에서 그림을 그릴 때는 여행을 하며 사진을 찍어두었던 걸 많이 보고 그린다. 혹은 창밖으로 펼쳐지는 집 근처의 예쁜 풍경을 담아보기도 했다.

카페에서는 보통 밖으로 지나다니는 사람들, 카페에서 음료를 기다리거나 마시고 있는 사람들 혹은 재미있어 보이는 인테리어 소품 및 카페 용품을 많이 그렸다. 야외에서는 눈에 보이는 재미있는 것들을 골라 그린다. 오늘은 무엇을 그리겠다, 하고 목적을 잡고 나갈 때도 있지만 얘기치 않게 재미있는 그릴거리를 만나는 경우도 많다.

4. 무작정 그리기

대상을 찾았다면 일단 무작정 그린다. 부담 없이 그리는 것이 가장 중요하다. 여행지에서는 '작품을 만들겠다!'는 마음가짐보다는 (시간도 많이 걸리고) '빠르게 특징만 잘 잡자'라는 마음으로 그리는 게 더 좋다. 더 멋진 그림은 사진을 찍어뒀다가 한국에 돌아와서도 얼마든지 그려볼 수 있다.

멋진 그림을 그리는데 너무 많은 시간을 쏟기보다는 더 재미있는 풍경을 많이 보고 듣고 느끼며, 많은 감각들을 채워주는 게 더 이득이다. 그리고 무엇보다 '망쳐도 괜찮아! 또 그리면 되지'라는 마음가짐을 가져야 많은 그림을 얻을 수 있다.

길을 걷다 마주치는 멋진 건물들

5. 사진 찍기

미쳐 그림으로 못 그렸거나 빠르게 지나가 그릴 수 없는 것들은 꼭 사진으로 찍어둔다. 그러면 그 자료를 바탕으로 언제든 시간이 날 때 다시 그려볼 수 있다.

3

GLEN PARK LIBRARY

4

6. 장소 옮기기

여행 중인 여행자가 하루에 한곳에서만 꽁 박혀 그림을 그린다면 지루하기 짝이 없을 것이며 여행의 의미가 퇴색될 수 있다. 이곳저곳 다니며 집에서도 그리고 카페에서도 그리고 야외에서 예쁜 풍경을 만났을 때도 드로잉 노트를 꺼내서 그려보자.

7. 내 그림 만끽하기, 간단하게 메모하기

오늘 내가 그린 그림을 쭉 훑어보자. 맘에 드는 부분도 보이고 반대로 싫은 부분도 보일 것이다. 그것들을 잘 생각해 뒀다가 다음날 그림에 반영해보자. 그림이 좀 더 좋아졌다고 느낄 것이다. 새로운 방향으로 발전할 수도 있을 것이다. 그리고 하루가 지나면 그때 느낀 감각들이 무뎌질 수 있으니 그림과 함께 간단한 메모를 해보자. 나중에 꺼내볼 수 있는 좋은 이야기가 담길 것이다.

카페 안 사람들

Anna & Rosemary

LISA

줄리아가 사는 법

내가 이곳에 도착한지 5일쯤 지나서였을까?

우리 집에 새로운 여자 한 명이 들어왔다. 볏짚 색깔의 헝클어진 머리카락에 회색 눈을 가진, 하얀 피부가 매력적인 여성이었다. 그녀가 머무는 곳은 집 거실 구석에 둥글게 커튼이 쳐진 작은 공간이다. 때문에 나는 아침 일찍 밖으로 나갈 때면 그녀가 잠에서 깨진 않을까 조심스레 행동해야 했다. 그러다 아침에 음악을 들으며 식사를 하는 그녀와 종종 눈이 마주쳤고, 우리는 자연스레 인사를 나누며 가까워졌다.

그녀의 이름은 줄리아.

자전거로 미국 전역을 여행 중이란다. 나와 같은 여행자였기에 그녀에게 더욱 친밀감을 느꼈고 관심이 생겼다.

줄리아는 자유로운 샌프란시스코의 기운을 닮았다.

그녀는 돈 벌 생각은 안 하고 인생을 마냥 즐기면서 산다. 매일 조깅으로 하루를 시작하고 온종일 읽고 싶은 책을 읽거나 종종 카페에 가서 글을 쓰기도 한다.

"몇 년째 매일매일 내가 하고 싶은 것만 하고 살아요. 돈을 안 벌기 때문에 시간이 많고 그 시간을 온전히 나를 즐겁게 하는 일과 개인적인 성취를 위해 사용해요. 그래서 순간을 더 소중하게 즐기며 살 수 있는 것 같아요. 나는 내가 원하는 삶을 아주 정확히 알고 있기에 원치 않는 삶의 모습에 나 자신을 억지로 끼워 넣을 생각이 없어요. 돈을 벌지 않으면 뭐 어떤가요, 아끼며 살면 되지. 쓸데없는 낭비를 줄이고 알뜰살뜰하게 사는 건 지구환경을 위해서도 좋은 일이라고 생각해요. 세상을 즐겁게 살아가는데 그렇게 많은 물건들이 필요한 건 아니잖아요?"

줄리아의 수수하고 편안한 매력, 밝은 에너지는 그녀의 삶의 방식과도 많이 닮아 있는 듯했다.

그런 줄리아도 본래는 직장인이었단다. 무역회사를 다녔는데 그렇게 힘든 일은 없었지만 지루하기 짝이 없고 아무리 노력해도 자신의 일을 사랑할 수 없었다고 말했다. 나이가 들고 어느 정도 돈도 벌게 된 그녀는 무작정 하던 일을 그만두었다. 5년째 인생을 즐기고 있고 다시는 전의 일터로 돌아갈 생각은 없다고 한다. 그러면서 그녀는 '돈이라는 키워드에 크게 집착하지 않으면 인생에서 더 많은 것을 보고 느낄 수 있다'고 귀띔해주었다.

나는 그녀의 삶의 방식을 존중하고 대단하다고 생각했다.

그것은 나에겐 굉장히 어려운 일이기 때문이다. 나는 돈을 좋아하고 필요로 한다. 돈으로 하고 싶은 걸 하고 먹고 싶은 걸 먹을 수 있는 것도 좋지만 그것보다도 돈이 주는 심적인 위안 때문에 그것을 더욱 필요로 하고 원하는 것 같다. 말하자면 돈이 내 안에 내재된 불안을 해소해주는 역할을 하는 것이다. 누구나 조금씩은 있을 법한 그런 불안을 어느 정도 초월하고 극복한 그녀가 대단히 부럽기도 하다.

그녀에게 미래에 돈이 다 떨어지면 걱정이 없겠느냐고도 물었다.

"처음에는 그런 일들이 걱정됐는데 지금은 걱정하는 데에 시간을 쏟지 않아요. 이 세상에 내가 할 수 있는 일은 어디든 많다고 생각해요. 설령 급여가 적다고 할지라도 크게 신경 쓰이지 않아요. 이제는 여유를 즐기는 삶을 알았고, 적은 돈으로도 즐겁게 사는 법을 익혔기에 앞으로 그다지 많은 돈이 필요할 것 같지 않거든요. 다시 일을 하게 되더라도 예전처럼 일에 파묻혀 살지 않을 거란 확신도 있고요.

원치 않는 일을 할 때는 여기저기 아픈 곳도 많아 병원비도 꽤 들었는데 지금은 정신적, 육체적으로 굉장히 건강해졌다고 느껴요. 예전에는 '내가 좋아하면서도 돈이 되는 일'을 찾으려고 노력했는데 지금은 그런 일은 없다고 생각해요. 취미활동을 하며 여가를 즐기는 게 가장 좋아하는 일임을 깨달았거든요. 저는 지금의 삶이 너무 행복해요."

삶의 즐거움을 하나하나 온몸으로 느끼는 게 눈에 보였기에 그녀가 너무나도 아름다워 보였다.

아쉽게도 그녀는 샌프란에서 단 일주일밖에 머물지 않았다. 더 오래 머물러주길 바랐지만 그건 그냥 바람으로 남겨둘 수밖에 없었다. 그녀에게도 다음 목적지가 있을 터였다.

여행에서의 인연은 이렇듯 바람처럼 왔다가 조용히 사라진다.

한국에 돌아온 요즘도 자전거 페달을 밟으며 힘차게 달리던 그녀가 종종 생각난다.

<Tip 2>
샌프란시스코의 명소

금문교(Golden Gate Bridge)

금문교는 골든게이트 해협에 위치한 붉은색 다리다. 샌프란시스코 하면 가장 먼저 떠오르는 랜드마크이기도 하다. 1937년 완공된 이 다리는 샌프란시스코와 마린 군을 연결시켜준다. 금문교가 붉은색인 이유는 안개가 많을 때도 시각적으로 잘 보일 수 있게 하기 위함이라고 한다.

피셔맨즈 워프(Fisherman's Wharf)

피셔맨스워프는 어부들이 입·출항하는 부두다. 19세기 중반부터 이탈리아 어부들이 이곳에 정착하며 게를 잡기 시작하면서 유명해졌다. 대략 샌프란시스코 북부 해안, 기라델리 광장과 밴 네스가 동쪽에서 35번 부두와 키어니 거리까지의 일대를 가리킨다. 게 요리가 맛있기로 유명하니 꼭 한번 먹어보길 권한다.

알카트라즈 섬(Alcatraz Island)

알카트라즈 섬은 죄수들을 수용했던 악명 높은 섬으로 유명하다. 교도소로 사용하기 이전에는 군사 시설로 이용했으며 현재는 관광을 목적으로 일반인들에게 개방되었다. 섬에 가려면 투어를 신청해야 하는데, 인기가 많기 때문에 사전예약은 필수다.

골든게이트 공원(Golden Gate Park)

골든게이트 공원은 샌프란시스코에서 가장 큰 공원이다. 면적은 412ha로, 뉴욕에 있는 센트럴 파크보다도 넓다. 공원 내부에는 캘리포니아 과학아카데미, 드영 미술관, 재패니스 티가든 등 많은 볼거리가 숨어 있다.

AT&T 파크(AT&T Park)

AT&T 파크는 미국 메이저리그 내셔널리그에 소속된 프로야구팀 자이언츠의 홈구장이다. 4만 2000명가량 수용할 수 있고, 샌프란시스코 만에서 불어오는 강풍을 막을 수 있게 설계되었다.

코이트 타워(Coit Tower)

피오니어 공원에 있는 64m가량 되는 타워다.

이곳에 올라가면 샌프란 시 전체를 한눈에 볼 수 있다.

1933년 도시를 아름답게 하기 위해

유산의 3분의 1을 기부한 '리틀 히치콕 코이트'를

추모하기 위해 지어졌으며,

2008년에는 국가 사적지로 등록되었다.

러시안 힐(Russian Hill)

러시안 힐은 서부개척 시대에
샌프란시스코에 살았던 러시아 모피 거래상들과
선원들의 묘지에서 유래된 이름이다.
샌프란시스코에서 가장 가파른 곳이며,
고급 주택가들이 위치해 있다.
이곳에서 세상에서 가장 경사지고 꾸불꾸불한 길로
유명한 롬바드 거리를 볼 수 있다.

페리 빌딩(Ferry Building)

페리 빌딩은 1898년 건축가인 '에이 페이지 브라운'이 준공한 수송 터미널이다. 2004년 이후에는 선착장 외에도 각종 식당가와 상점이 들어섰다. 매주 화요일과 토요일에는 샌프란에서 가장 큰 야외장이 선다.

샌프란시스코 차이나타운(San Francisco Chinatown)

샌프란시스코에 있는 차이나타운은 1840년대에 형성되었으며 북미에서 가장 역사가 깊고 규모가 크다. '천하위공天下爲公, 천하가 한 집의 사사로운 소유물이 아님'이라고 쓰인 거대한 중국풍의 문을 지나면 중국인들의 삶의 터전이 펼쳐진다. 300개가 넘는 중국 식당 및 카페, 동양적인 물건을 판매하는 상점, 절, 약초 상가, 그 외에 수많은 편의시설 등 없는 게 없다.

公為下天
愛仁孝忠

Golden Gate
Bridge
PALACE OF FINE ART
TAXI
333-3333
050

Fisherman's Wharf
1915
Ferry building
INATOWN

정착 여행자의 하루

한 달이란 짧지도 길지도 않은 기간.

어떤 날의 나는 완벽한 여행자다.

샌프란의 관광정보를 뒤적거리고, 오늘 볼 것과 먹을 것을 계획한다. 그리고 설레는 발걸음으로 집을 나선다. 이곳저곳 관광도 다니고, 새로운 음식도 접해보고, 스쳐가는 인연도 만든다. 새로운 시선으로 새로운 풍경들을 관찰하고 사진을 찍기도 한다.

또 다른 날은 정착인이다.

하루 종일 집안에 머물며 빨랫감을 정리하고, 먼지를 훔치고, 화장실을 문질러 닦는다. 이곳에 머물 동안 쓸 양만큼의 화장지 그리고 청소도구를 사야했으며, 오늘 저녁은 무얼 만들어 먹을지 고민하고 장을 봐야 했다. 그런 날은 정말 한국에서의 일상과 다를 바 없었다.

다만 다른 점이라면

청소를 위해 창문을 활짝 열었을 때 펼쳐지는 풍경.

한국에서는 맞은편에 있는 아파트와 주차장이 보였다면, 이곳에서는 아름다운 이 집의 정원이 보인다. 여러 가지 색상의 꽃을 심은 화분과 동글동글하고 통통한 다육식물들이 정원에서 자라나고 있다. 나무도 몇 그루 있고, 야외에서 식사를 할 수 있게끔 테이블과 의자도 마련되어 있다. 깔끔하게 정돈이 잘된 정원은 아니지만 참 자연 친화적인 정원이다. 우리 집 정원을 보며 내가 새로운 곳에 와 있단 사실이 문득 떠올라 설레는 기분을 되찾기도 했었다.

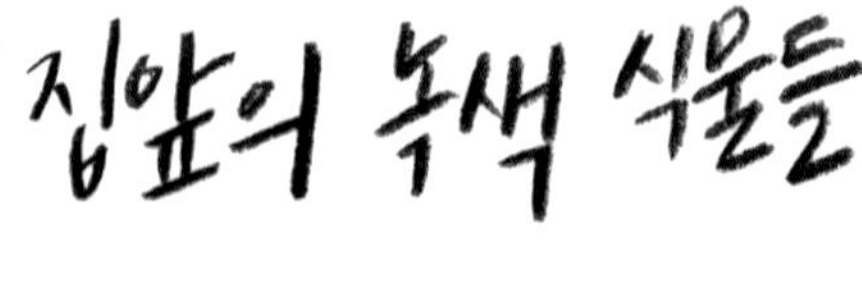
집앞의 녹색 식물들

GREENS

그리고 막 잠에서 깨어났을 때 느껴지는 이곳만의 낯선 향기.

가끔 꿈을 꾸다 깨어나 '어 여기가 어디지' 하고 생각하게 되는 새로운 내 방. 그리고 이 집에서 살고 있는 아직은 낯선 사람들. 이 모든 게 나를 여행자로 다시 되돌려 놓았다.

청소를 막 마치고 커피를 내려 마신 어떤 날은 창밖 풍경이 유난히 좋았다. 왠지 모를 편안함이 느껴졌다. 문득 이곳에서 몇 년 정도 정착인으로 살아봐도 좋을 것 같다는 생각이 들었다. 남은 시간 더 좋은 모습뿐만 아니라 실제적인 이곳의 모습도 하나하나 눈과 마음속에 담아가리라 다짐했다. 여행자로서, 그리고 정착인으로서-

바쁜 사람들, 빠른 발걸음

'샌프란시스코에 도착하면 제일 먼저 유니언스퀘어로 가세요.'

어느 블로그에서 읽은 글이다.

말 잘 듣는 여행자인 나는 블로거가 시킨 대로 바트를 타고 유니언스퀘어를 방문했다. 바트 역에서 나오자마자 샌프란시스코에서 가장 번화한 상업과 금융의 중심지가 여행자를 맞이해준다. 높고 위풍당당한 빌딩들은 화려하고 웅장한 인공미가 느껴진다. 이곳에는 여러 상점, 레스토랑, 백화점 등이 자리를 잡고 있고 사람들은 삼삼오오 모여 이야기를 나누거나 맛있는 음식을 먹으며 여유를 즐긴다. 쇼핑을 즐기는 사람도 있고, 여행객으로 보이는 사람도 많았으며, 길 중간중간에 강아지와 함께 구걸하고 있는 홈리스도 눈에 띈다.

사실 이곳은 쇼핑을 그다지 즐기지 않는 나에게 딱히 할 것이 많은 곳은 아니다. 그렇지만 맛있는 음식을 먹고, 멋진 상점을 구경하고 거리 한가운데를 뚫고 지나가는 샌프란의 명물 케이블카를 타보는 것만으로도 즐거운 곳이다. 나는 이곳이 어떤 분위기와 향기를 지닌 곳인지 둘러보고 그림으로 기록해보고 싶었다.

유니언 스퀘어를 지나 쭉 올라가 보면 몽고메리 역이 나오다. 나는 근처에 있는 카페로 들어가 커피 한잔을 시키고 창밖으로 지나가는 사람들을 그려본다. 강아지를 산책시키는 사람도 있고 히피족들도 보인다.

그런데 이곳에서는 아까와는 조금 다른 관경도 볼 수 있다. 수많은 회사원으로 보이는 사람들이 바쁘게 어디론가 향하고 있다. 점심시간이 되면 이들은 대거 몰려나와 레스토랑이나 카페에서 함께 음식을 먹으며 일에 대한 이야기를 나눈다. 그럴 시간조차 없는 사람들은 샐러드 따위를 급하게 포장해서 자신들의 장소로 들어가곤 한다.

이곳에 있는 사람들은 우리 동네에서 본 여유로운 얼굴들과는 다르게 하나같이 바쁘고 급해 보인다. 특히나 걸음걸이가 너무나도 대조된다. 다리도 긴 사람들이 걸음걸이까지 빠르니 앞으로 쭉쭉 잘도 나간다. 이들은 모두 굳은 표정으로 무언가에 쫓기듯 어딘가로 사라졌다.

어디든 대도시 중심가는 바쁨과 정신 없음이 뒤섞여 있단 생각을 해본다. 서울의 중심가를 떠올려보니 이곳보다 더하면 더했지 덜하지는 않다. 다들 너무도 빠르고 급하다.

특히나 아침 출근시간은 매일같이 난리도 아니다. 출근시간 서울 지하철 2호선을 타본 적이 있는데 그곳은 마치 정글을 연상케 했다. 얼굴은 다들 굳어있거나 화가 나 있다. 마치 조금이라도 자신에게 잘못하면 물어뜯을 듯하다. 그 많은 사람들이 지하철을 타기 위해 한 공간으로 꾸겨져 들어가 움직이지도 못하는 상황에서 스마트폰만 뚫어지게 보고 있다.

몸은 지하철 안에서 꼼짝 못하고 있지만

머릿속만은 가상의 어딘가로 대피하고 싶은 마음이리라.

중간중간 말싸움을 하고 있는 사람들도 있고, 폭발하기 일보 직전의 얼굴을 하고 있는 사람들도 있다. 분명 다들 저런 일이 좋아서 하는 일은 아니란 건 잘 알고 있다. 그저 잘 먹고 잘살려면 어쩔 수가 없는, 참아내야 할 과정인 거다.

사람들은 더 많이 갖기 위해 경쟁을 하면서 서로의 몸과 마음을 혹사시킨다. 그 경쟁은 너무나도 치열하다. 충분히 먹고 살 수 있고, 삶에 필요한 모든 것들을 다 갖추고 있어도 더 갖기 위한 욕심은 끝이 없다.

물론 그렇지 않은 사람도 아주 많다는 건 안다. 하지만 여전히 수많은 사람들은 남보다 돈이든 실력이든 외모가 되었든 간에 중간 이상은 가야 만족할 줄 아는 건 사실이다. 인간이란 본래 그런 동물이 아닌가 싶어 조금은 슬프기도 했다. 그리고 나도 그들 중 하나이지 않았었나 생각해본다.

내 앞을 지나고 있는 바쁘고 빠른 발걸음의 저 사람들, 아마 짧은 식사시간이 끝난 후 처리해야 할 업무에 대한 생각들로 가득 차 있겠지. 지금보다 더 안락한 삶과 성공을 꿈꾸며 더욱 열심히 살아가겠지. 그러면서 때론 성취감도 느끼고 좌절감도 느끼겠지. 저들의 굳은 얼굴과 빠른 발걸음 속에서 치열할 수밖에 없는 열정, 그리고 남모를 스트레스가 슬며시 보이는 듯했다.

1
Busy Street

2
city hall

커피를 마시며 사람들을 관찰하고, 그림을 그리다보니 어느새 해가 뉘엿뉘엿 저물고 있었다. 화려하지만 삭막한 이 거리에도 어둠이 서서히 깔리고 있었다. 생각해보니 오늘 사진을 한 장도 찍지 않았다. 기왕 이곳까지 왔는데 이러면 안 되지 싶다.

나는 밖으로 나와 여행자답게 카메라를 꺼내 들었다. 그리곤 위풍당당한 건물들을 렌즈 안에 열심히 담아본다. 메인스트릿을 가로지르는 케이블카도 찍어보고, 거리를 거니는 사람들도 렌즈로 기록해본다. 그때 한 노숙자가 다가와 말을 걸었다.

"where are you from?"

그런데 그의 모습이 너무나도 재미있다. 빨간색 고깔모자를 쓰고 안경은 두 개나 겹쳐 끼고 있는 데다가 복장은 마치 피에로 같다. 옷은 아주 지저분해 보였는데 신발만은 새것처럼 하얗고 깨끗하다. 입에는 분홍색 립스틱을 발랐는지 핑크빛이 돈다. 요상한 차림새의 그는 나에게 이런저런 질문을 던진다. 이곳에 왜 왔느냐, 샌프란시스코 좋냐 등등. 나는 대답을 해주고 그 또한 렌즈에 담아본다.

조금 더 올라가서 사진을 찍고 있는데 이번엔 어떤 청년이 말을 건다. 조금은 어린 대학생으로 보였다. 나의 외모에 대해 칭찬을 늘어놓으며 자신도 이곳에 여행 차 왔다며 남은 시간 자기와 함께 구경 다니자고 한다. 여행 내내 혼자 다녀야 하는 나에게 나쁜 제안은 아니었지만, 왠지 그에게 불순한 목적이 있을지도 모른다는 생각이 불현듯 들었다. 나도 모르는 새에 위축되어 있었나 보다. 때문에 바쁘다고 단호하게 거절하고 그를 지나쳤다.

계속해서 밤거리를 구경하며 사진을 찍고 있는데, 이번엔 어떤 덩치 크고 무섭게 생긴 여자가 나를 향해 욕을 한다.

"fucking camera @#$$%~"

덜컥 겁이 난 나는 그 여자를 슬쩍 째려보고 긴급히 자리를 피했다. 그 여자가 깔깔거리며 웃기 시작한다. 뭐지 기분 나쁘고 무섭다. 해가 지고 나니 이곳의 분위기가 조금 달라졌다.

'아, 그래서 사람들이 밤에는 혼자 돌아다니지 말라고 그랬구나!'

때마침 퇴근족들 한 무리가 바트 역 안으로 몰려 들어가고 있었다. 나도 이들과 함께 아늑한 보금자리로 서둘러 발걸음을 옮겼다.

3

Downtown

4 Downtown

TRANSAMERICA PYRAMID
COLUMBUS STREET
THE SENTINEL
BROADWAY

Lotta's Fountain

5 public transportation

TAXI
TAXI
333-3333
Book online @yellowcabs
Taxi
Cable Car Stop
To Van Ness
Cable Car
19
19
Tram
1807
FULL FARE RECEIPT
ONE RIDE ONLY
MAR 3, 2015
TUESDAY

UTION
DO NOT ENTER
DO NOT ENTE
NOT EN
CAUTION
CAUTIO
DO NOT ENTER
DO NOT ENTER
CAUTION
SFDPW-BSSR
SFDPW-BSSR
SFDPW-BSSR

Indian Meals & Snacks
OPEN
WELCOME
Annakoot

HOMES
Adver
FREE
GROW
DUME
1086
SAN FRANCISCO
San Francisco
EPOCH TIME
The Epoch Times
FREE

〈Tip 3〉
샌프란시스코, 이 정도는 알아두자

디스 이즈 샌프란시스코

샌프란시스코 하면 사람들은 바람과 안개, 그리고 언덕을 떠올린다. 실제로 이곳은 가는 곳마다 오르막길과 내리막길이 너무나도 많기 때문에 걸어서 다니기 조금 힘든 곳이 많지만, 그만큼 높은 곳에 올라가면 절경을 감상할 수 있다. 삼면이 해안으로 둘러싸여 있어 해류의 영향으로 안개도 짙다. 영화 속에 자주 등장하는 빨간 다리 금문교의 색깔이 붉은색인 이유도 극심한 안개 속에서 잘 보일 수 있도록 강한 컬러가 필요했기 때문이다.

또한 아침저녁으로 엄청난 바람이 얼굴을 때리기도 한다. 하지만 1년 내내 따뜻한 기온을 유지하기 때문에 차갑게 느껴지지는 않는

다. 때문에 겨울에도 가벼운 차림으로 여행할 수 있고 여름에는 시원한 바람을 곳곳에서 쐴 수 있어 에어컨이 필요 없다.

이곳의 인구수는 서울의 10분의 1도 안되는 83만 명 정도지만, 면적이 작기 때문에 인구 밀도는 미국의 다른 도시에 비해 상당히 높다. 샌프란에 오면 미국의 다른 지역에 비해 비교적 다양한 색깔과 생김새의 사람들을 만날 수 있다. 자료를 찾아보니 10명 중 4명은 백인, 3명이 동양인, 2명은 스페니시와 히스페닉 그리고 나머지 1명은 흑인이라고 한다. 다른 곳에 비해 아시안의 비율이 상당히 높은 편인데 실제로 서부지역 최대의 차이나타운이 있기 때문에 중국인들이 굉장히 많으며 길을 지나다니면 매일같이 중국어를 들을 수 있다.

샌프란시스코의 과거와 현재

유럽인들의 첫 방문

샌프란시스코는 본래 인디언(네이티브 아메리칸)들이 여러 개의 작은 마을을 이루며 살고 있었다. 그러다 1769년 유럽인들에 의해 처음으로 발견되었다. 스페인 탐험대가 처음 샌프란을 방문하게 되고 이곳에서 자신들의 요새를 구축한 후 돌로레스 선교회라는 가톨릭 수도회를 세우게 된다.

멕시코의 독립

1821년, 스페인의 통치를 받던 멕시코가 독립을 선언하게 된 뒤에 샌프란시스코는 자연스레 멕시코의 영역이 된다. 멕시코 사람들은 샌프란에 존재하고 있던 선교풍습을 없애나갔고 땅을 서서히 민영화시켰다. 이후 윌리엄 리차드슨이라는 사람이 이곳의 이름을 '예르바 부에나'라 짓고 마을을 설립했다. 그리고 아메리카 정착민들을 이곳으로 끌어들이기 시작한다.

미국 멕시코 전쟁

1846년, 미국과 멕시코의 전쟁이 시작된다. 미국의 존 슬롯 준장과 존 몽고메리 대위는 캘리포니아와 예르바 부에나는 미국 땅이라고 주장했는데, 결국 전쟁에서 패한 멕시코는 조약에 따라 캘리포니아 전 지역을 미국에 넘기게 된다. 이후 예르바 부에나는 샌프란시스코로 개명하게 된다.

캘리포니아 골드러시

1848년, 캘리포니아에서 많은 금이 발견되었다는 소문이 퍼지자 금을 캐러 수많은 미국인들이 이곳으로 몰려들게 된다. 소문은 더 크게 번졌고 중남미와 유럽, 중국 등에서 약 10만 명의 사람들이 캘리포니아로 오게 된다. 이를 '골드

러시gold rush'라고 한다.

샌프란시스코의 인구는 1848년에는 1,000여 명에 불과했으나 1년 만에 25,000만 명으로 빠르게 늘어나게 되었고, 무역과 상업의 중심지로 급부상하게 된다. 또한 다양한 나라에서 몰려들어온 이민자들 덕분에 여러 언어와 문화가 공존하게 되면서 지금의 샌프란시스코의 모습을 서서히 갖추어나가게 된다.

지진과 화재

1906년에는 거대한 지진이 샌프란시스코를 강타하게 된다. 대부분의 건물들이 무너져 내려 수많은 피해자가 속출했다. 연이어 대형 화재도 발생하여 거리는 초토화 상태가 된다. 당시에는 498명이 목숨을 잃었다고 기록되었지만, 이보다 10배 이상의 사람이 희생되었을 거라 추측하고 있다. 더 큰 문제는 약 20만 명의 사람들이 살 곳을 잃게 된 것이었다. 이들 중 일부는 임시 텐트촌에서 생활했고, 대다수의 사람들은 동쪽으로 떠났다고 한다. 이후 샌프란시스코에서는 다운타운을 중심으로 빠르게 재건 작업이 시작된다.

히피운동

1960년대에는 수많은 예술가와 게이, 자유와 사랑을 추구하는 젊은이들이 샌프란시스코로 몰려들었다. 특히 1967년에는 10만 명에 가까운 사람들이 haight-ashbury라는 지역에 모여 자신들만의 공동체를 구축해 생활했다. 음악과 예술을 사랑한 이들은 술과 마약이 삶의 일부였다. 베트남 전쟁을 반대하고, 기존의 사회체제를 부정하면서 인간성 회복과 평화를 주장했다. 그들은 자신들의 생각을 예술과 음악으로 표출하며 히피운동을 벌였다. 그 당시 거리에는 장발을 하고 수염을 기른 남자와 짧은 치마에 샌들을 신고 머리에는 히피문화를 상징하는 꽃을 단 여자들이 많았다. 지금도 샌프란시스코를 히피들의 고향으로 불리고 있다.

실리콘밸리의 성장

최근에는 샌프란시스코 남부가 첨단산업의 중심지로 급부상하게 되었다. 캘리포니아 주 정부의 세제상 특혜와 인력 확보에 좋은 환경 등의 이유로 여러 첨단기술을 가진 회사들이 이곳에서 사업을 벌이고 있는데 이 일대를 '실리콘밸리'라고 부른다.

실리콘밸리는 90년대에 일어난 닷컴 붐과 2000년대에 일어난 소셜미디어 붐으로 인터넷 산업 또한 크게 발전하게 된다. 현재에도 수많은 기업들이 이곳으로 모여들고 있고, 이들은 전 세계를 상대로 커다란 부가가치를 창출해내고 있다.

해안가 따라 자전거 타기

며칠 전 토요일이 되면 함께 자전거 타러 가기로 루카와 약속했는데, 오늘이 바로 기다리고 기다리던 그날이다.

루카에 대해서 간단히 소개해 보자면, 현재 샌프란시스코 다운타운에서 엔지니어 일을 하고 있다. 이탈리아인 어머니와 영국인 아버지 사이에서 태어난 그는 이탈리아에 살며 대학까지 마치고 미국에 온 케이스다. 최근에 미국에서 석사를 마치고 취업했는데 아직 일을 시작한지 얼마 되지 않아 적응기간이며, 때문에 조금 힘든 점도 많다고 했다. 하지만 많은 걸 배워가며 조금씩 일하는 재미를 느껴가는 중이란다.

우리는 집을 나와 근처에 있는 자전거 대여소에서 자전거를 한 대씩 빌렸다. 대여 요금은 시간당 9불. 신용카드를 이용해 결제하면 24시간 동안 반납했다가 다시 꺼내 탈 수도 있고 자유롭다. 우리는 근처에서 제일 가까운 자전거 대여소에 갔다. 그리고 자전거 두 대를 빌려 안장 위에 올랐다. 나는 안장이 너무 높아 넘어질 뻔했다. 루카는 내 자전거 안장의 높이를 적당하게 조절해 주었다.

"자, 이제 다시 타 봐요."

"오! 지금이 딱 좋은 거 같아요. 고마워요, 루카."

자전거의 무게는 생각보다 훨씬 묵직해 내 얇은 팔목으로는 조금 조절하기 힘이 들기도 했다. 그래도 일단 빌렸으니 힘차게 페달을 밟아보자! 길을 잘 알고 있는 루카가 앞장서서 출발했다. 나는 루카의 뒤를 쫓았다.

해안선을 따라 자전거를 타면 그렇게 경치가 좋고 아름답다고 모두가 입에 침이 마르도록 칭찬했건만, 자전거가 조금 서툰 나에게는 버거운 여정이었다. 처음 자전거를 받았을 때 그 무게에 놀랐고, 자전거 도로가 자동차 도로와 합쳐지는 길이 너무나도 많다는 사실에 또 한 번 놀랐다. 큰 트럭이 나를 추월할라 치면 입이 바짝바짝 마르고 손에서 땀이나 제대로 운전에 집중할 수 없어 소리를 질러댔다. 나는 역시 만년 서투름덩어리인가 보다.

거리에 있는 사람들도 내 모습을 구경하며 걱정이 되었는지 웃으면서 한마디씩 던진다.

"좀 더 바퀴를 세차게 밟아 봐요! 그래야 비틀거리지 않을 거예요. 오, 그래 좋아요!"

딱 봐도 빌린 자전거를 타고 있는 여행자로 보였는지 '즐거운 자전거 여행'이 되기를 빌어주는 사람들도 많았다.

BOUDIN
SAN FRANCISCO

PIER 33
SOUTH

"자전거는 탈 만한가요? 해안 쪽으로 가면 멋진 관경들이 많으니 재미있는 여행하세요!"

미국인들은 생각보다 남에게 관심도 많고 배려심도 많다. 사실 나는 이곳에 오기 전까진 미국인들에 대한 편견이 좀 있었다. 미국이 자본주의의 상징국가인 만큼 철저하게 자신의 이득을 위해 행동하는 사람이 많을 줄 알았던 것이다. 그러나 내가 만난 대부분의 미국인들은 계산적이지 않고 순수한 사람이 생각보다 많았다.

한국인들보다 오히려 남에게 관심도 많고 처음 만난 여행객을 도와주려고 했으며 대부분의 사람들은 밝고 친절했다. 그들은 난생 처음 보는 사람한테도 마치 오랫동안 알아왔던 사이인 것처럼 쉽게 말을 걸고 또 쉽게 친해지기도 한다. 어떻게 보면 반가운 척, 친한 척을 하는 것처럼 보일 수도 있지만, 어떤 사람이든 쉽게 다가가서 친해질 수 있는 그들의 자유로움이 부러웠다.

사실 나는 낯가림이 좀 있는 편이라서 처음 보는 사람에게 말을 거는 것을 조심스러워하고 불편해한다. 또한 모르는 사람이 나에게 말을 거는 것을 달가워하지 않는다. 무슨 꿍꿍이로 말을 거는 걸까라는 의심과 함께 혹시 또 '도를 아십니까'는 아닌지 걱정부터 된다. 사실 처음부터 그러진 않았지만 이런 일을 너무도 많이 당했기에 의심하는 습관이 생긴 것 같다.

하지만 이곳 사람들은 특별한 목적 없이 그저 말을 건다. 자전거를 타는 중에는 심지어 차 안에서 인사를 건네는 사람도 있었다. 새로운 자전거에 익숙해지느라 힘들긴 했지만 이러한 낯선 풍경이 신기하기도 하고 재미있기도 했다. 그리고 그들의 개방적인 자세를 좀 배워봐야겠다는 생각도 했다.

그나저나 루카는 자전거에서 자주 내리는 내 모습이 많이 안쓰러웠는지 앞서 가다가도 내 뒤로 와 따라오기도 하고, 나와 속력을 맞춰 나란히 가기도 했다. 루카가 내 바로 옆에서 자전거를 탈 때면, 혹여 내가 비틀거리다 그와 충돌하진 않을지 더 걱정이 되었다.

"루카 빨리 앞장서 가요! 옆에 있으면 무섭단 말이에요!"

루카는 그런 내 모습이 재미있어 보였는지 자꾸 옆으로 와서 장난을 쳐댔다. 화가 난 나는 더욱 빠르게 페달을 밟아 앞질러 갔다.

"영민, 그럼 내가 앞장서 가면서 자주 뒤를 돌아볼게요. 내가 왼쪽으로 손짓을 하면 자전거를 조금 왼쪽으로 옮기고, 오른쪽으로 손짓을 하면 오른쪽으로 옮기면서 따라오도록 해요. 안전하니까 너무 긴장하지 말고요. 조금만 더 가면 해안가에 다다르니 힘내요!"

루카의 지시대로 왔다갔다 잘 따라갔더니 한결 자전거 타기가 수월해졌다.

나는 좋았지만 루카는 계속 나를 신경 쓰느라 제대로 경치 구경도 못할 것만 같아 미안한 마음이 들었다. 혼자 자전거를 타기가 싫었던 내가 그에게 함께 가자고 꼬신 건데 그를 더 힘들게만 하는 건 아닌지 걱정이 됐다. 하지만 루카는 기분이 좋은 듯 보여 조금 안심이 되었다. 자전거 타기에 익숙한 그는, 나를 신경 써 주면서도 나름 경치를 즐기고 있었다.

도심 속 빌딩 숲을 지나 드디어 페리 빌딩이 보였고 그 옆으로 기다리던 바다가 보인다. 사실 그다지 먼 거리는 아니었지만, 수많은 사람과 차들을 뚫고 지나왔더니 꽤나 힘이 빠졌다.

"루카, 우리 여기서 조금 쉴래요?"

"무슨 소리예요, 영민. 지금부터가 시작이에요! 자자, 어서 다시 자전거 위로 올라타도록 해요."

루카는 즐거워 보였다. 힘이 넘쳐 보였고 생기가 있어 보였다. 그의 깊은 갈색 눈은 반짝반짝 빛나고 있었다. 주중에 회사 일을 마치고 피곤한 눈으로 들어왔던 그의 모습이 잠시 스쳐 지나간다.

'음! 잘 데리고 나왔네!'

"루카, 그럼 우리 커피 좀 사서 마시고 계속 가요. 저는 카페인의 기운을 좀 빌려야겠어요!"

그런데 자전거를 잠시 멈추고 루카가 자신의 백팩에서 따뜻한 커피를 꺼냈다. 커피를 무척이나 좋아하는 나를 위해 아침에 미리 챙겨뒀다고. 천사가 따로 없다. 나는 아침에 늦잠 자기 바빴는데 그 사이에 그는 이렇게 향긋한 커피를 준비하고 있었다니. 서로 알게 된지 얼마 되지도 않았는데 나를 생각해주고 챙겨주는 루카가 참으로 고마웠다. 비록 루카를 잘 알진 못하지만 분명 좋은 사람일 거란 생각이 들었다.

커피를 한 모금 마시고 해안가를 따라 페달을 힘차게 밟았다.

나는 여전히 긴장하면서 달리고 있었지만 그래도 아까보다는 조금 익숙해져 주변의 아름다운 경치를 조금씩 눈에 담고 있었다. 조깅을 나온 사람들도 많았고 우리처럼 자전거를 타며 토요일 아침을 즐기는 이들도 많았다. 사람들의 표정은 한결같이 다 엷은 미소를 띠고 있었다.

우리 옆으로는 샌프란시스코 만이 맞닿아 있었고 수많은 갈매기들이 떼를 지어 하늘에 점을 그리고 있었다. 생동감이 느껴진다. 하늘이 어찌나 높고 파랗던지 어디까지가 하늘이고 어디부터가 바다인지 구분이 가지 않았다. 바다 위에 떠 있는 배들만이 이쯤부터가 바다라고 말해 주는 듯했다.

이날의 눈부신 햇살과 바람이 마치 나를 위한 선물과도 같이 느껴졌다. 시원한 바람 한 떨기가 내 목덜미를 훑고 지나가니 사람들이

왜 그렇게 이곳에 대해 입이 마르도록 칭찬했는지 알 수 있었다.

조금 더 가다보니 pier39가 나왔다. 이곳에는 부두 위에 지어진 2층짜리 목조건물이 있었다. 우리는 자전거를 가지고 이곳으로 들어가 보았다. 입구에는 거리예술가가 열심히 피아노를 치며 공연을 하고 있었고, 사람들은 그 광경을 즐겁게 바라보고 있었다. 멋진 재즈풍의 연주가 이곳에 활기를 더해주고 있었다.

안쪽으로 들어가 보니 다양한 맛집과 아기자기한 상점, 선물가게 등이 위치해 있었고 건물 중앙에는 회전목마가 돌아가고 있었다. 이곳은 가족 혹은 연인과 함께 주말의 활기를 만끽하러 나온 사람들로

북새통을 이루고 있었다. 우리는 조금 더 들어가 바닷가와 마주한 벤치에 자리를 잡고 앉았다. 나는 아까 얻어 마신 커피에 대한 보답으로 루카에게 아이스크림 하나를 사줬다. 아이스크림을 먹으며 구경하는 샌프란시스코의 만은 더 달콤하고 아름답게 빛났다.

짧은 휴식을 마친 우리는 다시 자전거에 올라탔고 '피셔맨즈 워프'를 지나 '펠리스 오브 파인아츠'에 다다랐다. 이곳이 우리가 계획한 마지막 종착지였기에 근처에서 자전거를 반납하고 산책을 하며 대화를 나눴다.

그가 낯선 여행 속에서 만난 짧은 인연이기 때문일까 더 쉽고 편하게 내 맘속 이야기를 할 수 있었다. 우리는 나이를 먹으면서 잃어버리게 된 것들에 대해 이야기해 보기도 했다.

본래의 나는
스마트폰을 바라보며 하릴없이 시간을 보내기보다는
공상을 즐기거나 책 읽는 걸 좋아하고
무표정으로 있을 때보단 웃고 있는 시간이 더 많았으며
부정하는 마음보단 긍정하는 마음이 훨씬 큰 사람이었는데,
어느 순간 내가 가지고 있었던 소중한 것들은
나도 모르는 사이에 내 옆을 떠나갔고
새롭고 낯선 것들이 그 자리를 대신하고 있었다고.
그렇지만 여행을 하고 있는 이 순간만큼은
예전에 나로 되돌아온 기분이 든다고 말했다.

캘리포니아의 따뜻한 햇살을 맞아 세로토닌이 마구 분비되었는지 하루 종일 웃음이 나왔고, 스마트폰에 대해선 까맣게 잊고 있었고, 모든 게 다 잘되리라는 희망적인 생각으로 머릿속을 꽉 채우고 있었다.

그리고 앞으로 내가 바라는 내 모습에 대해서도 이야기했다.

예전엔 아름답고 강직하게 나이 들고 싶었지만
지금은 편안하고 자연스럽게 나이 들고 싶다고.
또 더 많이 가지려고 하기보다는
잘 버릴 줄 아는 사람이 되고 싶고,
세상의 변화보다는 내 자신 안의 변화에
더 관심을 가지고 가꿔나가고 싶다고 말했다.

그 또한 내 말에 공감을 해주었다. 확실히 사람은 나이가 들면서 또는 순수함을 잃어버리면서 크게 박장대소하는 횟수는 줄어들고, 삶에 대한 책임감이 커질수록 마음이 지는 무게는 증가하게 된다고. 그러면서 조금 더 심각하고 진지하게 세상을 바라보게 된다고 말했다. 자기도 가끔씩 변해가고 있는 자신을 인식하고 조금 더 가볍게 살려고 노력한다고 했다.

맑은 하늘 아래 새들이 아름다운 목소리로 노래한다. 내 앞에는 아름다운 연못가가 빛을 내뿜고 있고, 뒤로는 멋진 궁전이 자리 잡고 있다. 그리고 내 옆에는 소중한 친구가 웃고 있다.

이곳은 아름답다.

그리고 나도, 루카도 아름답다.

"아, 행복하다!"

그렇게 나는 힘들 때마다 꺼내 볼 수 있는 인생의 소중한 순간을 하나 더 만들었다.

자주 찾은 카페

카페는 나에게 있어 굉장히 중요한 장소다. 적당한 카페인 섭취는 정신을 깨워주어 작업에 집중할 수 있는 힘을 준다. 또한 천성적으로 집에만 잘 붙어있지 못하는 나는 그림을 그릴 때도 장소를 옮겨가며 그려야 집중이 더 잘된다. 아침에 일어나 카페로 향하며 따스한 볕을 쬐고 초록색 식물들을 관찰하는 일은 나에게 기운과 영감을 준다.

그림 작가가 하루 종일 집에만 있어야 한다면 무슨 그림이 그려질 것이며, 그 그림에 어떤 감수성을 담을 수 있을까 때문에 일이 많은 날에도 되도록이면 나와서 작업을 하려고 한다. 샌프란에 와서도 하루라도 그림을 그려야 마음이 뿌듯하고, 남은 하루를 즐길 권리가 생기는 것 같아 매일 조금씩이라도 그림을 그렸다.

언제 어디서라도 그림은
놓지 않고 싶은 소중한 그 무언가였다.

그림을 그리다 보면 자연스레 그림 그리기 좋은 장소를 찾기 마련이라 이곳저곳 돌아다니면서 집중이 잘되는 카페를 찾았다.

1 CUMAICA
Milk

제일 처음 찾은 곳은 '쿠마이카'라는 카페다. 스페니시들이 많이 모이는 곳으로 보였던 이곳은 마치 중남미 어느 카페에 들어와 있는 듯한 착각을 불러일으켰다. 이곳을 자주 찾았던 가장 큰 이유는 집에서 가장 가깝기도 했지만 치즈케이크가 굉장히 맛있었기 때문이다. 이곳의 치즈케이크는 모양이 예쁘진 않지만 저렴한 가격에 맛도 굉장히 훌륭하다. 달지 않고 진한 치즈의 맛과 퍽퍽한 식감이 아주 맘에 들어 자주 방문했다.

그리고 카페에서 하루 종일 신문이나 책을 읽거나 컴퓨터 작업을 하는 사람이 많아 한 번 온 사람들은 비교적 오랫동안 머물다 자리를 뜬다. 때문에 오랜 시간 있어도 눈치가 보이지 않고 맘 편히 그림 작업에 몰두할 수 있었다.

2
워크숍카페
TABLE 2
FOR LAPTOPPING
TABLE 1
FOR FOODS

두 번째로 많이 갔던 곳은 '워크숍' 카페라는 곳인데, 이곳은 몽고메리 역에서 5분도 채 되지 않는 거리에 위치해있다. 이곳에 오는 대부분의 사람들은 작업을 하거나 회의를 하러 온다. 모두들 노트북을 하나씩 가지고 있으며 각자 작업에 집중하고 있다. 전자기기를 충전하거나 사용할 수 있는 시설이 아주 잘 갖추어져 있어서 이용하기 편리했다. 소프트한 음악은 작업에 대한 집중력을 높여 줬으며, 화장실 또한 무척 깨끗하게 잘 관리되어 있어 만족스러웠다.

독립된 공간들도 있었는데 그곳에서 회의를 하거나 세미나를 하는 사람들도 많이 볼 수 있었다. 벽 전체가 화이트보드로 되어 있는 공간에서는 사람들이 각종 수학공식을 적으며 토론 중이었다.

내가 이곳을 사랑했던 가장 큰 이유는 무엇보다도 의자가 너무 편했다. 가끔 의자가 불편하게 되어있는 카페는 허리가 아파 오랫동안 작업에 집중할 수 없었는데 이곳에 있는 의자는 앉자마자 감탄사가 절로 나왔다.

'아, 좋다!'

편리한 시설인 만큼 1시간당 2불이라는 이용요금이 부과된다. 어찌 보면 비싼 요금이지만 언제나 아침부터 저녁까지 사람들이 꽉 차 있다. 이곳은 핸드폰으로 이용시간을 체크하는데 처음 10시간은 무료로 제공된다. 때문에 무료로 이곳을 이용했던 사람들이 이곳의 이점을 알게 되고 나중엔 돈을 지불하고서라도 자주 찾게 된 게 아닐까 생각해 본다. 집중이 필요한 작업이 있는 사람들에게 이곳을 추천한다.

3

STARBUCKS

Caffé Latte
Cappuccino
Caffé Mocha
Caramel Macchiato
Caffé Americano

ETHIOPIA

다음으로 많이 갔던 곳은 우리나라에도 많이 있는 '스타벅스'. 한국에서도 스타벅스를 자주 이용했었기에 이곳에 와서도 자연스레 찾게 되었다. 우리나라와 다른 점이 있다면 가격이 무척 저렴하다는 사실이다. 우리나라였다면 기본 4000원이 넘었을 커피 한잔에 2000~3000원 정도면 마실 수 있다. 그리고 먹을 수 있는 사이드메뉴의 종류 또한 우리나라에 비해 아주 많았다. 갖가지 재료가 들어 있는 잉글리시 머핀을 고를 수 있었고 가격도 저렴한 편이었다.

새삼 느낀 게, 우리나라의 커피 값이 지나치게 비싸다는 사실이다. 스타벅스뿐만 아니라 그 외의 커피 브랜드들도 비슷한 수준을 유지하고 있는데, 문제는 미국의 인건비는 우리나라에 비해 훨씬 비싸고 샌프란시스코의 땅값은 어마어마한 수준이라는 사실이다. 하지만 우리나라보다 커피 값이 훨씬 저렴하다.

그렇다면 우리나라에 있는 카페가 커피 한잔을 팔았을 때 남기는 순이익이 지나치게 크다는 말이 아닌가. 왜 이런 현상이 생겼을까? 우리나라는 인구에 비해 커피숍이 너무나도 많아 한 매장에서 팔 수 있는 커피의 잔 수가 제한될 수밖에 없어 자연스레 가격을 높게 측정할 수밖에 없었던 걸까? 대개의 미국인들은 카페에서 끼니를 대신하는 경우도 많기에 커피 이외에 다양한 사이드 메뉴를 시키는데 반해 우리나라 사람들은 음료 하나만 딱 시켜 먹는 경우가 다반사이기 때문인가? 혹은 미국에 비해 커피콩을 더 비싸게 들여올 수밖에 없는 걸까? 아마 커피가게 사장님에게는 나름의 이유가 있을 거라 생각한다. 한국에서 커피 장사를 해보지 않고서는 알 수 없는 나름의 이유.

다행히 최근 들어서는 우리나라도 저렴한 커피 프렌차이즈들이 하나둘 생기고 있다. 개인이 운영하는 커피전문점도 예전에 비해 확실히 저렴하게 파는 가게들이 조금씩 늘고 있다. 커피 마니아로서 정말 기쁜 일이다. 우리 동네에도 대부분의 메뉴를 2000~3000원대에 판매하는 곳이 생겼는데 향도 진하고 양도 넉넉하다. 앞으로도 이런 좋은 곳들이 많이 생겨서 저렴한 가격에 좋은 커피를 접할 기회가 더 많아졌으면 좋겠다.

피셔맨즈 워프에서

1

나는 지금 막춤을 추고 있다. 그것도 대낮에 샌프란에서 사람이 가장 많은 곳의 길바닥에서. 처음에는 그냥 길거리 밴드 공연을 구경하고 있었다. 컨트리 음악을 하는 밴드였는데 차림새도 재미있고 음악도 흥겨워서 사람들이 하나둘씩 모여들고 있었다. 몇몇 사람들은 흥에 겨워 리듬에 맞춰 조금씩 몸을 들썩거리기도 했다. 그러다 여행객으로 보이는 아가씨들 한 무리가 나와서 신나게 춤을 한판 추어댄다. 사람들은 열성적으로 박수를 쳤고 밴드는 더 신이 나서 소리를 높여 열성적으로 연주한다. 그녀들은 주변에 있는 사람들을 하나씩 춤판에 끌어들이기 시작한다.

"우리와 함께 춤춰요! come on!"

나는 그런 관경이 재미있어 사진으로 담고 있었는데 어느덧 나도 손목이 잡혀 그녀들과 함께하고 있었다. 그러고는 음악이 끝날 때까지 흥에 겨워 춤을 춰댔다. 정신을 차려보니 이미 30~40여 명의 사람들이 춤판에 합류한 상태였고, 그 주변에는 아까보다 훨씬 많은 사람들이 에워싸고 우리를 구경하고 있었다.

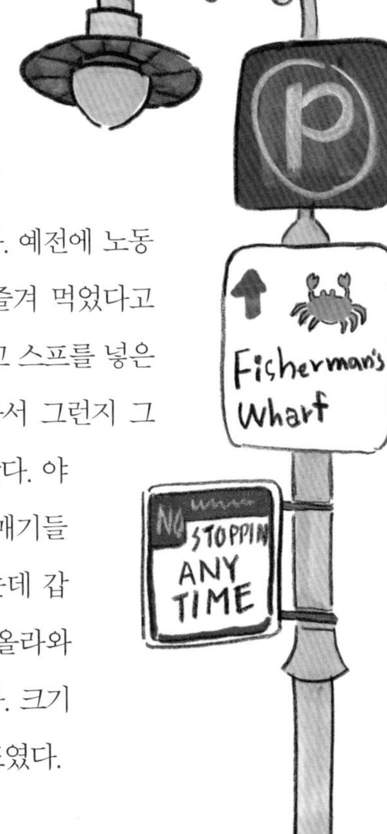

2

점심으로 피셔맨즈 워프에서 유명하다는 클램차우더를 먹었다. 예전에 노동자들이 발효시킨 시큼한 빵을 즐겨 먹었다고 하는데, 그 빵의 가운데 속을 빼고 스프를 넣은 것이다. 사실 관광지의 음식이라서 그런지 그다지 맛있다는 생각은 들지 않았다. 야외 테이블에서 주변에 있는 갈매기들을 구경하며 스프를 먹고 있었는데 갑자기 한 마리가 식탁 위로 턱 올라와 음식 좀 달라고 으름장을 놓는다. 크기가 너무 커서 위협감마저 들 정도였다.

"꺅꺅! 나도 좀 줘!"

점점 소리가 커진다. 나는 조금씩 빵 조각을 떼어준다. 그 옆으로 다른 갈매기 한 마리가 또 내려앉아 똑같이 소리를 질러댄다. 너무 당당하고 뻔뻔스러운 모습에 어이가 없어 웃음이 나온다. 나는 그렇게 두 마리의 갈매기에게 맛없고 시큼한 빵 한 덩어리를 모두 내어주고 자리에서 일어났다.

3

해변으로 향했다. 모래성을 쌓아 올리고 있는 아이들이 보였다. 가족과 함께 놀러 나와 즐겁게 깔깔대고 있는 모습이 너무나도 평화로워 보인다. 모래성을 다 만든 아이들은 바닷물에 발을 담그고 물을 뿌려대며 해맑게 웃는다.

문득 내 어릴 적 기억이 떠올랐다. 가족들과 함께 해수욕장에서 파도를 타고 모래찜질을 했던 기억. 지금은 멀어진 추억이지만 아직도 그 분위기와 향기만큼은 잊히지 않는다. 햇볕에 까맣게 타버린 어린 내 모습이 떠올라 괜스레 입가에 미소가 지어진다. 그러다 홀로 해지는 해안가 풍경을 보니 왠지 나도 모르게 쓸쓸한 기분이 들었다. 이곳에 와서 너무 좋았지만 이상하게도 지는 해를 물끄러미 바라보니 외로움이라는 손님이 마음속에 불쑥 찾아왔다. 왜일까, 이렇게 좋은데... 갑자기 한국에 있는 가족과 친구들이 무척 보고 싶다.

9 Fiherm
9 Fishermen

Grotto

ALIOTO'S
8
LIGHT HOUSE
NICKS
LaTorre's
NICK'S

ALIOTO'S
WATERSID
ENTRANCE
CAFE

FISHERMANS WHARF
SAN FRANCISCO

THE CANNERY
MCDOWELL
VAN NESS AVE
Get Crackin'
Fisherman's WHARF
PIER 43 1/2
BAY CRUISE
FERRY TERMINAL
RED & WHITE
FLEET

행복한 삶은 좋은 음식에서 나온다

루카가 가장 좋아하는 것은 맛있는 음식을 만들어 누군가와 나누어 먹는 일이다. 루카는 요리하기를 좋아하고 마치 전문 셰프처럼 요리를 맛깔스럽게 연출하는 방법 또한 잘 알고 있다. 평일에 회사일과 야근으로 바쁜 그는 보통 주말에 집에서 요리를 해먹곤 했는데, 그와 친해진 나는 주말마다 좋은 레스토랑에서나 맛볼 법한 화려하고 맛있는 음식을 얻어먹을 수 있어 참 좋았다.

"루카! 오늘은 우리 뭐 먹어요?"

"안심스테이크와 매쉬드 포테이토 그리고 와인!"

그의 요리하는 모습은 보는 것만으로도 수많은 감각들이 자극된다. 그가 신선한 재료를 자르고, 삶고, 굽고, 양념해 다른 재료와 결합하여 마지막엔 예쁜 그릇에 담아내는 모습을 보고 있노라면 입안엔 벌써 군침이 돌고 있고 머리는 몽롱해진다. 오로지 그 요리가 완성되기만을 기다릴 수밖에 없게 된다.

LUCA'S RESTAURANT

1. TURKEY SANDWICH

3. PASTRY SANDWICH

4. STEAK AND MASHED POTATO
5. STRAWBERRY CREPE
6. SALMON STEAK

"나는 음식에 관심이 굉장히 많은 편이에요. 신선한 재료를 사고 그 재료를 가지고 맛있는 요리를 만들어 멋지게 그릇에 담는 걸 좋아해요. 요리를 만드는 과정 자체도 즐기지만 내가 만든 요리를 맛있게 먹어주는 사람을 볼 때면 큰 기쁨을 느껴요."

셰프다운 말이다.

"재료가 가지고 있는 맛들을 적절히 조합해 완전히 새로운 맛을 만들어내는 것은 창조며 예술이라고밖에는 표현할 수 없어요. 여러 번의 실패와 응용으로 나만의 맛을 성공적으로 만들었을 때는 희열마저 느껴진다니까요. 당신도 예술을 하고 있는 사람이니 무슨 말인지 잘 알겠죠?"

그러면서 미국 음식에 대한 걱정도 함께했다.

"미국인들은 너무 자극적인 음식에 길들여져 있어요. 거의 쓰레기에 가까운 음식을 먹는 사람이 너무나도 많아요. 그래서 사람들은 점점 뚱뚱해지고 건강을 잃어가고 있죠."

길거리에서 만난 수많은 뚱뚱한 사람들이 떠올랐다. 미국의 마트에 가면 전자레인지로 돌리기만 하면 요리가 완성되는 간단한 인스턴트 음식들이 많다. 케이크는 눈살을 찌푸리게 만들 만큼 달고, 과자들은 하나같이 짜고 자극적인 게 많았다. 이런 음식들이 몸에 좋을리 만무했다.

"당신도 행복하고 싶어서 여행을 떠났다고 했죠? 나는 좋은 음식을 먹는 것으로부터 소소한 행복이 시작된다고 생각해요."

사람마다 행복의 조건은 다르다지만 나는 그의 말을 꼭 듣고 싶었다.

한 끼를 먹더라도 신선한 재료로 건강하게 만든 요리를 먹어야지.

요리를 예술처럼 감상하고 음미할 줄 아는 여자가 되어야지.

누군가 샌프란시스코에 있는 가장 맛있는 음식이 뭐였냐고 묻는다면 망설임 없이 루카 레스토랑에서 먹은 음식들이 가장 맛있었다고 대답할 것이다.

BREAKFAST
March. 15

BREAKFAST
March, 2.
SOUP
clam chawder
Turkey + eggs + potato
+ vegetable +
mushroom

<Tip 4>
샌프란시스코 유명레스토랑

Gialina Pizzeria

글랜파크 역 근처에 있는 아주 유명한 피자집. 매일 저녁 사람들이 줄을 서서 기다린다. 지역 농산물로 만든 나폴리 스타일의 건강한 피자를 맛볼 수 있다. 피자 한 판과 샐러드 하나를 시킨다면 두 사람이 먹기에 딱 적당하다.

2842 Diamond St San Francisco, CA 94131

Mama's

워싱턴 스퀘어에 있는 유명한 브런치 레스토랑. 이곳에서 식사를 하려면 기본 1시간 이상은 기다려야 한다. 핫케이크과 프렌치토스트가 굉장히 맛있다.

1701 Stockton St San Francisco, CA 94133

Swan Oyster Depot

샌프란시스코 최고의 씨푸드를 즐기고 싶다면 이곳으로 가보시라. 저렴한 가격에 신선하고 맛좋은 음식을 배불리 먹을 수 있다. 금요일과 주말에는 사람이 굉장히 많으니 평일에 방문하는 걸 추천한다.

1517 Polk St San Francisco, CA 94109

Acquerello

이탈리아 음식이 맛있는 곳. 가격은 최소 60불 이상으로 비싼 편이지만 맛과 서비스가 훌륭하다.

1722 Sacramento St San Francisco, CA 94109

Gary Danko

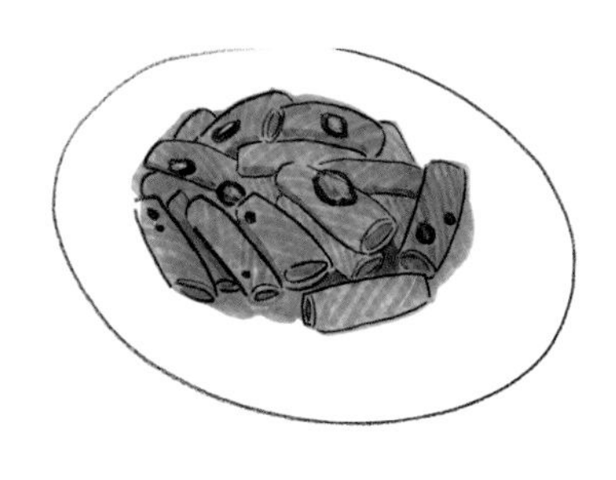

와인과 함께 저녁식사를 하기에 좋은 곳이다. 고급스런 분위기와 훌륭한 서비스, 좋은 음식을 한 번에 경험할 수 있다. 가격은 조금 비싼 편이지만 그럴 만한 가치가 있는 곳.

800 N Point St San Francisco, CA 94109

Nopa

알라모 스퀘어 근처에 있는 유명한 레스토랑. 굉장히 다양한 메뉴를 취급하고 있어 골라먹기에 좋으며 비싸지 않은 가격대에 훌륭한 식사를 즐길 수 있다.

560 Divisadero St San Francisco, CA 94117

Aziza

립 요리와 칵테일이 맛있기로 유명하다. 모로코 음식이 궁금하다면 꼭 한번 방문해보시길. 미슐랭 스타를 받은 최초의 모로코 레스토랑이라고 한다. 인기가 많으니 주말보다는 평일에 가길 권한다.

5800 Geary Blvd San Francisco, CA 94121

내마음의 양식,
시티라이츠 서점

나는 서점에 가는 게 좋다. 서점에서 이 책 저 책 기웃거리며 조금씩 읽어보는 것도 좋아하고, 종이의 촉감을 느끼고, 냄새를 맡는 일도 참 좋아한다. 책 안의 디자인과 레이아웃을 보는 일은 나의 소소한 취미 중 하나다. 학창 시절에는 아담하고 멋스러운 책방을 운영하며 하루 종일 책이나 읽으면서 사는 삶을 꿈꾼 적도 있다.

때문에 샌프란에 오기 전부터 '이곳은 꼭 가봐야지!'라고 생각했던 곳이 바로 '시티라이츠 서점'이다. 이 서점은 1953년에 문을 열어 올해로 딱 63년이나 된 나이 든 서점이다. 지하 1층부터 지상 2층까지 총 3개 층으로 구성되어 있으며, 주로 독립 출판물, 시집, 비트 문학을 취급한다.

내부의 크기는 생각보다 아담했지만 공간을 잘 활용해 구석구석마다 굉장히 많은 책들을 보유하고 있었다. 벽에는 여러 가지 포스터

와 손으로 휘갈겨 쓴 글귀들이 붙어 있어 독립 출판서점 특유의 자유로운 분위기를 엿볼 수 있었다. 미로 찾기를 하듯 내부를 구석구석 돌아다니면서 벽 위에 붙여진 글귀들을 찾아 읽어보았다. 모든 글귀들이 하나같이 이곳의 성향을 잘 보여 주는 듯했다.

'인간을 위한 문학 서식지'

'민주주의는 구경할 만한 스포츠가 아니다.'

'이곳은 책을 파는 도서관입니다.'

'어서 오세요. 앉으세요, 그리고 책을 읽으세요.'

시티라이츠는 책을 판매할 뿐만 아니라 출판을 하는 것으로도 유명하다. 출판사 겸 서점인 셈이다. 이곳은 거대 언론과는 다른 독립서적들을 주로 출판하고 판매한다. 자체 출판한 도서들도 따로 진열되어 있었는데, 책장 몇 개를 꽉 채울 만큼 많은 양이었다. 역사가 길고 유명한 만큼 수많은 시인과 작가들이 이 출판사와 손을 잡고 작업했으리라 짐작되었다.

이곳에서 낸 대표적인 작품으로는 〈Howl울부짖음〉이라는 제목의 앨런 긴즈버그Allen Ginsberg가 쓴 시집이다. 약물과 동성애에 대한 내용으로 가득 차 있던 시집이었기에 발행인이었넌 로렌스 펠링게티 Lawrence Ferlinghetti는 음란물 출판 및 판매 죄로 기소를 당했지만, 재판 끝에 결국 승리를 거두게 된다. 이 사건 이후 이 책은 더욱 주목을 받았고, 매진 행렬이 줄을 이뤘다고 한다. 또한 시티라이츠가 유명세를 떨쳤던 계기가 되었다고 한다. 이후 지금까지도 이곳은 독립 출판의 장으로 많은 작가들의 지지를 받고 있다.

VIA FERLINGHET
000 →
Book
THREE POLICEMEN BITTEN
DARKNESS
ELINE VERE
WONDLR
THE MAIAS
ASSIGNMENT
THE PLEDGE
THE MANDARIN
FALLADA
The Double
BIG BLONDES
SATURN

명성만큼이나 뜻깊은 방문이었다. 집에 가서 인터넷으로 이곳에서 출판한 서적들과 비트 문학에 대해 좀 더 자세하게 알아봐야겠다고 생각했다.

책을 펼쳐서 볼 땐, 나의 영어 실력이 참 아쉬워지기도 했다. 영어를 잘하는 사람들은 영문으로 된 책도 한글 읽듯 술술 읽어나갈 터였다. 영어를 잘한다는 것은 볼 수 있는 책의 종류도 훨씬 다양해진다는 뜻이고, 자기 것으로 만들 수 있는 정보로의 접근도 용이하단 뜻이다. 그만큼 다양한 문화와 정보를 편리하게 접할 수 있게 해주는 수단이 영어다. 여하튼 시티라이츠는 나에게 작은 가르침도 주었다. 그것은 우습게도 '다시 영어공부를 시작하라!'였다.

밥 아저씨의 창고세일 "only 1dollar"

옆집에 사는 밥 아저씨네 가족이 이사를 간단다. 그러면서 필요 없는 물건들을 다 정리해 내다 팔 예정이란다. 아침을 먹으러 가는 길에 마주친 밥 아저씨는 전부 1달러에 판다면서 물건 구경 좀 하고 가라고 말했다. 창고 안을 슬쩍 들여다보니 아기자기하고 잡다한 물건이 아주 많다.

"지금은 아침을 먹으러 가야 되서 이따가 들를게요."

"창고에 오렌지주스와 베이글도 팔고 있으니 천천히 먹으면서 구경하세요. 직접 간 오렌지주스도 1달러, 베이글도 1달러예요."

'오예, 이런 건 놓칠 수 없다!'

빵과 주스를 먹기 위해 창고에 들어가 보니 이미 몇몇 동네 아주머니들이 좋은 물건을 찾기 위해 매대를 꼼꼼히 살펴보고 있었다. 쓸 만한 물건이 꽤나 많아 보였다. 컵, 그릇, 소형 냉장고, 소형 가구,

각종 의류 및 담요, 아이들 장난감, 장식품 등등. 반면 '이런 걸 누가 사?'라는 생각이 들 만한 것도 꽤나 많았다. 부서진 시계, 싸구려 액세서리, 몽당연필과 쓰다 만 지우개, 때가 타고 뜯어진 봉제인형, 몸에 낙서가 가득한 나체의 바비인형까지.

알뜰살뜰한 미국인이 여기 있었군!

무엇 하나라도 필요한 이들에게 넘겨 현금화시키겠다는 의지가 멋지게 느껴졌다.

그렇지만 이 많은 살림살이들을 다 팔아버리면 앞으로 어떻게 살겠다는 건지 이해가 안됐다.

"밥, 왜 이렇게 멀쩡한 물건들을 헐값에 팔아버리나요?"

"이제 아이들도 많이 컸고, 이사를 가는 김에 불필요한 살림살이를 최대한 줄여서 간소하고 깔끔하게 살고 싶었어요. 우리 애들이 벌써 15, 16살인데 아직까지 어릴 때 쓰던 물건들이 집안 곳곳을 차지하고 있어요. 불필요한 물건들을 다 끌어안고 사는 것만큼 스트레스 받는 일도 없어요. 물건이 많을수록 정리 정돈하기도 힘들어지고 집도 지저분해 보이잖아요. 이사 가서는 오랫동안 안 쓰는 물건들로 가득 찬 창고 같은 집에서 살고 싶은 마음이 없기 때문에 오늘 다 팔아버리기로 마음먹었죠. 앞으로는 삶을 단순하게 유지하기 위해서라도 소비를 줄이고 필요 없는 것을 지속적으로 줄여나갈 거예요."

밥의 말에 완벽하게 공감이 갔다. 나도 불필요한 것을 버리고 간소하게 살아야겠다고 생각한 적이 많기 때문이다. 중간 사이즈 캐리어 하나에 내가 세상을 사는 데에 있어 필요한 모든 걸 담을 수 있을 정도만 가지고 살아야겠단 생각을 자주 했었다. 필요 없는 건 과감히 버리고 새로운 물건을 들일 땐 최대한 신중하게 구입해야겠단 생각이었다. 지금도 가볍고 단순하게 사는 삶이 쉽진 않지만 언젠간 꼭 이루고 싶은 로망 중 하나다.

"근데 밥, 뭔가를 사러 온 사람에게 소비에 관한 너무 솔직한 본인의 생각에 대해 들려주셨네요. 당신의 이야기 덕분에 모두들 지갑을 닫아버리고 말겠어요."

밥은 호탕하게 웃으며 맞는 말이라며 순식간에 말을 바꾼다.

"자 모두들 지갑을 여세요, 쓸 수 있을 때 써야죠. 소비는 즐거운 거예요. 인생은 한 번뿐! 기회는 지금뿐!"

엄마의 애타는 마음

한국을 떠나 샌프란에 오기 전, 밴쿠버에서 스톱오버를 했을 당시의 기억이다.

갈아탈 비행기를 기다리며 그림을 그리고 있는데 누군가 말을 걸어왔다.

"혹시, 한국분이신가요?"

피곤한 기색이 역력한 아주머니가 내게 물었다.

"네, 맞아요!"

아주머니는 혼자서 딸을 만나러 벤쿠버를 경유해 토론토로 갈 예정이란다. 딸의 핸드폰으로 카톡을 보내려고 하는데 도무지 인터넷이 안 터진다고 걱정스런 얼굴로 말씀하셨다.

"아, 저도 시도해 봤는데 여기가 와이파이가 좀 약한 것 같더라고요. 정 급하시다면 문자나 전화로 해보시는 게 어떨까요?"

아주머니는 문자를 보내도 통 가질 않는 것 같고, 전화도 잘 안되는 것 같다며 걱정이 이만저만이 아니었다. 아주머니의 핸드폰을 보며 여러 가지 기능을 눌러봤지만 내가 해도 안되기는 마찬가지였다. 평소 기계와 친하지 못하고 아이폰을 쓰는 내가 안드로이드폰을 보니 도무지 모르는 기능이 너무 많고 헷갈렸다. 크게 도움을 줄 수 없어 미안해하던 찰나, 아주머니의 폰에서 벨이 울렸다. 한국에 계신 남편분인 듯했다.

남편분은 처음 해외에 나오신 아주머니가 별 탈 없이 잘 가고 있는지 걱정하는 것 같았고, 아주머니는 남편이 아침밥은 거르지 않고 잘 챙겨 먹었는지, 회사 갈 준비는 잘하고 있는지 염려했다. 서로 존칭을 쓰고 사이가 너무 좋아 보였으며, 통화 내내 웃으며 이야기를 나누는 모습이 보기 아름다웠다. 전화를 끊으면서는 "사랑해요, 여보"라는 말도 잊지 않았다. 나이 든 부부의 다정하고 예쁜 모습이 낯설기도 하고 부럽기도 해서 한마디 건넸다.

"와, 남편분과 사이가 너무 좋아 보이세요. 정말 보기 좋아요! 부럽기도 하고요."

아주머니는 말없이 옅은 미소를 지어 보였다.

이후 아주머니는 토론토로 연락을 계속해서 시도했으나 번번이 헛수고인 듯했다. 통신에 무슨 문제라도 있는 걸까? 남편분과 잘 통화가 되는 걸로 봐서는 꼭 그런 것 같지만은 않은데... 그때 마침 딸의 유학원 원장님에게 전화가 왔다. 아주머니의 도착 시간에 맞추어 토론토 공항으로 마중을 나가겠다고 하는 것 같았다. 그래도 연락이 닿으니 아주머니는 조금 안정을 찾으신 것 같았다.

Airport
벤쿠버 공항
입국장 풍경

"정말 다행이네요."

첫 해외여행인 데다가 영어를 전혀 모르시는 아주머니이기에 나 또한 함께 걱정을 하고 있었는데 일이 잘 풀리는 것 같아 안심이 되었다.

자연스레 토론토에 있는 딸에 대한 얘기로 흘러갔다.

"영어 공부를 위해 1년 동안 토론토로 유학을 갔어요."

그러더니 핸드폰 바탕화면에 있는 딸의 사진을 보여주셨다. 티 없이 맑은 웃음을 짓고 있는 예쁜 소녀가 나를 바라보고 있었다. 아주머니를 닮아서일까, 예쁘고 귀여운 미모의 소유자였다. 이제 갓 스물네 살이 되었다고 하는데 나이보다 훨씬 앳된 얼굴을 하고 있었다.

"사실은 우리 딸이 지금 많이 아파요. 친구들이랑 놀다가 계단을 잘못 헛디디는 바람에 넘어져서 머리를 크게 다쳤어요. 바로 병원에 가서 수술을 했는데, 수술은 성공적이었지만 지금은 심장박동수가 서서히 낮아져서 40까지 내려갔대요. 뇌가 계속 부어있는 상태인가 봐요. 지금 상태로는 힘들 것 같아요. 캐나다 항공법 때문에 그 상태로는 비행기 태워서 데려오지도 못하고... 한국에 데려오지도 못한 채 그곳에서 화장해서 뼛가루만 안고 와야 되는 수도 있는 상황이에요."

믿을 수 없는 이야기였다.

아주머니는 딸이 뇌수술을 한 직후의 사진을 보여주셨다.

"딸 친구들이 우리 딸 휴대폰으로 저에게 보내준 사진이에요."

뇌수술 때문에 머리카락을 밀었고, 머리를 붕대로 감쌌으며, 여러 가지 호흡장치를 착용하고 있는 얼굴은 많이 부어 있었다. 조금 전

휴대폰에서 밝게 웃고 있던 예쁜 소녀와 너무도 대조적인 모습에 마음이 아려왔다. 작은 위로의 말조차 건넬 수 없었다. 나 또한 이렇게 안타깝고 아픈 심정인데 24년간 애지중지 길러온 하나뿐인 딸의 그런 모습은 본 엄마는 어떤 심정일까.

"엊그제 소식을 듣고 가장 빠른 비행기를 끊어서 타고 오는 거예요. 남편은 직장 때문에 함께 오지 못했고요. 사실 나는 지금도 이게 다 꿈을 꾸고 있는 것 같아요. 믿어지지가 않아요. 아이가 성격이 밝고 사람을 좋아해서 친구도 많고 잘 지냈었어요. 해맑게 웃는 모습으로 떠났던 아이였는데……."

아주머니의 마음속에 들어있는 묵직한 돌덩어리가 보였다.

아주머니의 눈을 바라보았다. 이 힘든 상황에서도 아주머니는 담담하게 웃어 보였다. 이후 또 다시 남편에게 전화가 왔을 때도 오히려 남편을 걱정하며 챙겨주고, 웃어주고, 전화를 끊을 때는 사랑한다는 말을 잊지 않는다. 아마도 저들 가족의 사랑과 믿음이 서로가 서로를 더욱 강인하게 하고 큰 아픔마저 잘 견딜 수 있게 해주는 거겠지.

내가 저 상황이었다면 과연 저럴 수 있었을까?

아주머니를 보며 크게 힘든 일 없이도 힘들어하고 우울해했던 나의 연약함을 또 다시 돌아보며 반성해 본다.

다음 비행기가 나보다 빨랐던 아주머니는 나에게 같이 있어 주어 고맙단 말과 함께 쓸쓸히 출국장으로 향했다. 나는 그런 아주머니의 뒷모습을 멍하니 바라보았다.

벤쿠버
공항에서
본 것들
1
2
TRASH
3
4
Welcome to Vancouver
Bienvenue à Vancouver
100
Check-in
Enregistrement
办理乘机手续
YVR
5
6
Airport
7
© pinkfoot

과연 그 소녀는 지금은 괜찮아졌을까?

아니면 결국 이겨내지 못하고 하늘나라로 갔을까?

아주머니와 나의 간절한 바람대로, 그들에게 기적이 일어났기를 진심을 다해 소망한다.

버스 안의 놀라운 풍경

샌프란시스코의 시내버스는 그야말로 굉장하다. 일단 버스 안에 들어서면 알 수 없는 쾌쾌한 냄새가 난다. 바닥에는 먹다 버린 감자 칩 봉지, 햄버거 포장지, 음료캔 등이 나뒹굴고 있다. 가끔은 양말, 속옷 등도 보인다(심지어 콘돔을 본 적도 있다!). 쓰레기들은 버스의 움직임에 따라 박자에 맞춰 미끄러지며 춤을 춘다. 어떤 사람들은 아무렇지도 않게 신발 신은 발을 좌석 위에 척척 잘도 얹는다. 시끄러운 음악을 틀기도 하고, 자기들끼리 깔깔 대며 떠들기도 한다. 남의 시선에 아랑곳하지 않는다.

본래는 하얀색이었을 것으로 추정되는 회색 이불을 뒤집어 쓴 홈리스도 버스 안에 합세한다. 두터운 이불을 바닥에 질질 끌면서 앉을 만한 자리를 찾아다닌다. 대마초를 태우다 왔는지 냄새가 굉장히 역하다.

버스 안의 공기는 그야말로 막장으로 치닫는다. 말 그대로 문화 충

격이다. 그러다가 어떤 아저씨가 내려야 할 정류장에서 못 내렸다. 화가 난 그는 차체를 주먹으로 부서지도록 두드리며 고래고래 소리를 지른다. “open up the back door!!”

쾅쾅쾅!!

주변 사람들도 가세해서 함께 소리를 질러준다.

“뒷문 열어요!! 어서 열어요!!”

곧 폭동이라도 일어날 기세다.

물론 이곳의 버스가 한국에 비해 좋은 점도 있다. 기사님이 비교적 안정적으로 버스를 운전하신다. 대학교 때 미국인 친구가 한국에 놀러왔었는데 그때 함께 버스를 탄 적이 있다. 친구는 깜짝 놀라며 입을 다물지 못했다. 놀이기구를 타는 것 같다나 뭐라나. 기사님이 낮술하고 운전하는 거 아니냐며. 사실 나에겐 꽤나 일상적인 체감 속도였는데 말이다. 나에게 쇼킹 아메리카가 있듯 그 친구에겐 쇼킹 코리아가 있었을 것이다.

죄인들의 섬에 오신걸 환영합니다

어릴 적부터 범죄 스릴러물을 좋아했다. 특히나 〈쇼생크 탈출〉이나 〈프리즌 브레이크〉처럼 감옥을 탈출하는 내용은 너무나도 박진감 넘치고 흥미진진하다. 때문에 내가 알카트라즈 섬에 관심을 갖게 된 것은 어쩌면 너무나도 당연하다. 알카트라즈 섬은 1963년까지 형무소로 이용되어 죄수들을 수감했던 곳이기 때문이다. 이 섬은 한번 들어가면 절대로 다시 나올 수 없어 일명 '악마의 섬'으로 불렸으며, 당시 가장 사악하고 악명 높은 죄수들이 거쳐 간 곳이라고 한다. 현재는 폐쇄되어 관광용으로 이용되고 있다.

샌프란에서 알카트라즈 섬까지는 배를 타고 10분 정도면 충분하다. 선착장에 도착하니 배를 타기 위해 이미 길게 줄을 선 사람들이 많았다. 나도 두근거리는 가슴을 안고 줄 서기에 동참했다. 곧 모두들 배에 탑승했다. 배가 섬으로 다가갈수록 흐릿하고 칙칙하던 알카트

라즈의 형태가 점점 또렷해져왔다.

나는 좋은 곳에 자리를 잡고 바람을 맞으며 섬을 감상했다. 당시 죄수들은 이 섬을 나가고 싶어 발버둥 쳤을 터인데 나는 돈까지 내가면서 이곳에 제 발로 들어가려고 하다니(그것도 신나는 마음으로), 세월의 간격에 두고 참 아이러니하다는 생각이 들었다.

내 옆자리에 있는 아저씨는 섬을 배경 삼아 열심히 셀카를 찍고 있다. 보통 흑인들과 달리 팔다리가 짧고 통통한 아저씨였기에 괜히 친근감이 들었다. 짧은 팔로 열심히 찍고 있는 모습이 귀엽기도 하고 안쓰럽기도 해 "제가 대신 찍어줄게요"라고 말하니 아저씨는 고맙다며 흔쾌히 휴대폰을 넘겨준다.

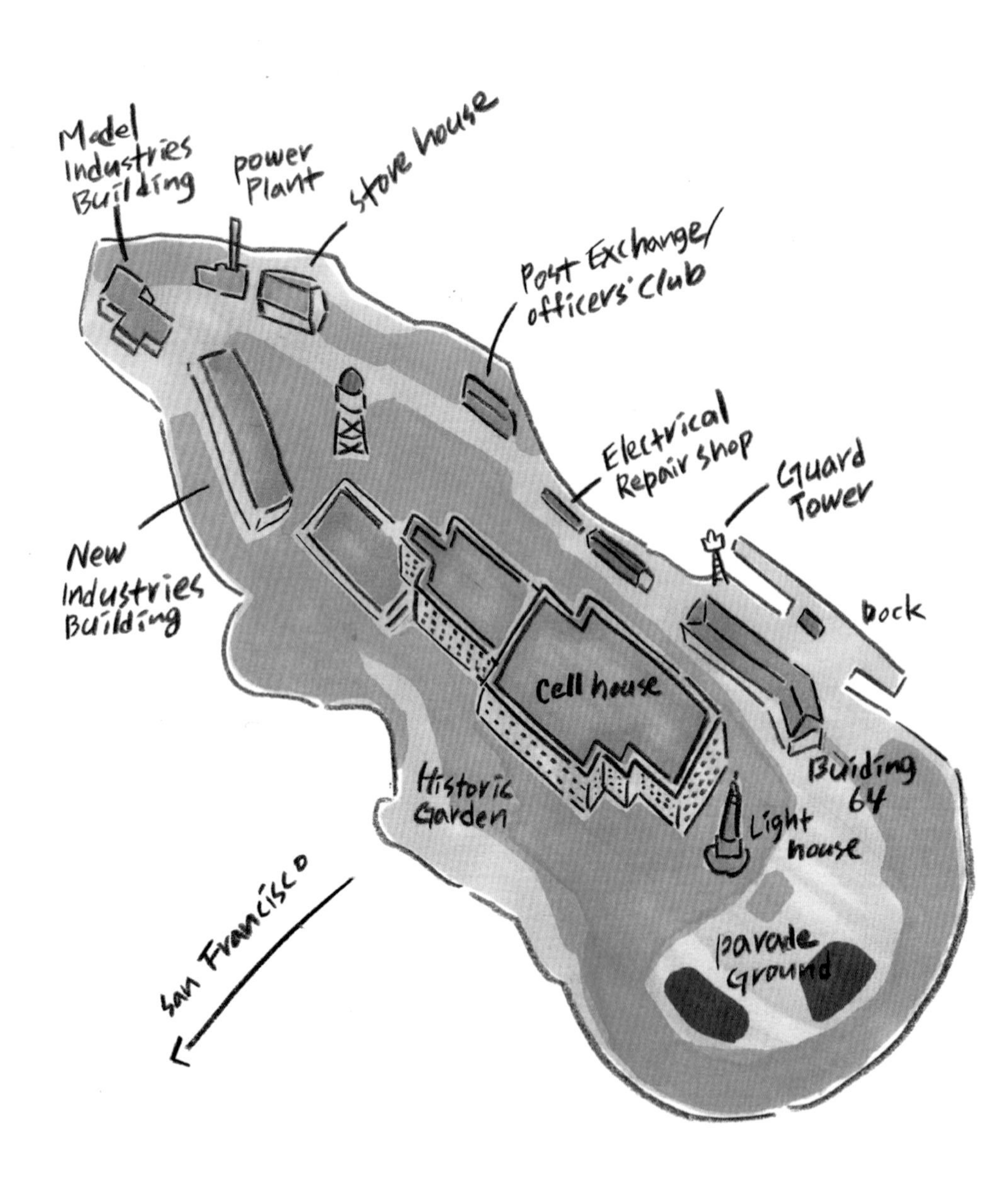
Model Industries Building
power Plant
store house
Post Exchange/ officers' club
New Industries Building
Electrical Repair shop
Guard Tower
Dock
Cell house
Building 64
Historic Garden
Light house
parade Ground
San Francisco

"오! 이런 관광지는 난생 처음이에요. 너무너무 신나요. 나는 이제 곧 죄수가 될 거예요."

"이런 곳에서 실제로 생활하면 그렇게만은 생각되지 않을 거요. 내가 경험자니까 확신할 수 있어요."

그랬다. 아저씨는 전과가 있는 분이셨다. 감옥 섬에 와서 내가 처음으로 말을 건 사람이 전과자라는 사실도 참 웃겼지만 이 아저씨, 아무리 봐도 너무 순박한 미소를 지니고 계셨다. 짙은 쌍꺼풀진 눈은 또 어쩜 저리 맑은지! 얼굴 생김새로 사람을 판단해선 안 되지만 참 상반되는 이미지다.

"정말요 되게 선하게 생기셨는데 믿어지지 않아요. 무슨 죄를 지으셨나요?"

"뭐 그렇게 무시무시한 짓은 못 되요. 소싯적 좀도둑질을 몇 번 했어요. 하지만 걱정 마쇼, 지금은 완전히 손 뗀지 한참 되었다우."

아저씨가 부드럽고 환하게 미소 지으며 말했다.

아저씨가 지내던 교도소에 대한 이야기를 조금 듣다보니 어느새 섬에 도착해 있었다. 섬 안은 수많은 다육식물과 갈매기들의 천국이었다. 아름다운 풍경 한가운데에는 무시무시한 셀 하우스(감옥 건물)가 있었고, 그 주변으로 이름 모를 건물들이 자리 잡고 있었다. 우리는 셀 하우스의 내부로 들어가기 전 주의사항을 안내인에게 전달받고 입장을 시작했다. 전과자 아저씨와 이곳에 들어오니 정말 제대로 된 죄수 체험을 하는 것 같아 괜스레 신이 났다. 나는 아저씨 앞에서 안내 책자에서 본 무시무시한 범죄자 '알 카포네'의 표정을 흉내 내

보기도 했는데, 아저씨는 같잖다는 듯 콧방귀만 뀌셨다.

안내인의 지시를 따라 안쪽으로 들어가니 입장에 앞서 오디오가이드를 나누어주고 있었다. 나는 한국어로 설정을 한 뒤 이어폰을 꽂고 투어를 시작했다.

"알카트라즈 섬에 오신 걸 진심으로 환영합니다."

오디오가이드는 실제 다큐멘터리를 찍은 것처럼 범죄자들의 인터뷰도 녹음되어 있었고 감옥에 대한 설명도 아주 면밀하게 잘되어 있었다. 음향도 굉장히 공을 들여 제작했는지 마치 영화 한 편을 보고 있는 듯한 착각이 들었다.

투어가 시작되자마자 여러 개의 감옥이 우리 눈앞에 펼쳐졌다. 감옥은 총 3층으로 구성되어 있었으며 1층에서 3층까지 모두 보이도록 뚫려 있어 더욱 거대해 보였다. 영화 〈쇼생크 탈출〉에서 본 감옥의 모습과 너무도 흡사하다.

한 평 정도밖에 되어 보이지 않는 개인 감옥에는 침대와 변기, 세면대 그리고 작은 책걸상이 있었다. 이 모든 게 이렇게 작은 공간 안에 있다는 사실이 신기했다. 이곳에서의 생활이 얼마나 답답하고 힘들었을지도 상상이 되었다. 침대는 좁기 그지없었으며, 용변기도 어린아이가 쓰는 것처럼 작았기 때문이다.

캄캄한 독방도 보였다. 말썽을 일으킨 죄수는 볕이 전혀 들지 않는 이곳에 며칠씩 갇혀 지냈다. 그러나 모범수들은 볕이 잘 드는 좋은 방을 배정받고 여러 가지 취미 활동도 장려 받았다. 그들은 도서관에서 책을 읽기도 하고, 그림을 그리기도 했으며, 외부 공기를 쐴 수도 있었다. 또한 음성통신으로 대학 강좌를 수강할 수 있는 혜택도 받았다고 한다.

독방을 지나니 도서관과 식당이 보이고, 밖으로 나가는 출구도 보였다. 건물 밖에는 간수들이 머물렀던 숙소가 있었다. 가족과 함께 섬 안에 사는 간수가 많았는데, 그들의 어린 자녀는 통학을 위해 배를 타고 샌프란까지 나갔다 돌아오곤 했다고 한다.

알차게 셀 하우스 투어를 마친 아저씨와 나는 건물 밖으로 나왔다. 바다 건너 샌프란시스코의 화려한 모습이 보인다. 죄수들이 이 작은 섬에 갇혀 육지에서의 삶을 얼마나 갈망했을지 상상이 되었다. 실제

COLOR
MIXING

로 탈옥을 시도한 수감자가 여러 명 있었으며, 그중 3명은 끝내 찾지 못했다고 한다. 이 3명은 석고로 빚은 머리 모형과 베개로 자신들의 가짜 분신을 만들고, 세면대 밑 배수구를 숟가락으로 파서 탈옥했다고 한다. 그 후 어디에서도 그들의 흔적을 발견하지 못했으나, 살아서 육지까지 도달하지 못했을 거란 의견이 많다. 이곳 바다의 수온은 10도 이하로 굉장히 차가우며, 조류도 굉장히 강하기 때문이란다. 이 사건은 후에 〈알카트라즈 탈출〉이라는 제목의 영화로 제작되었다.

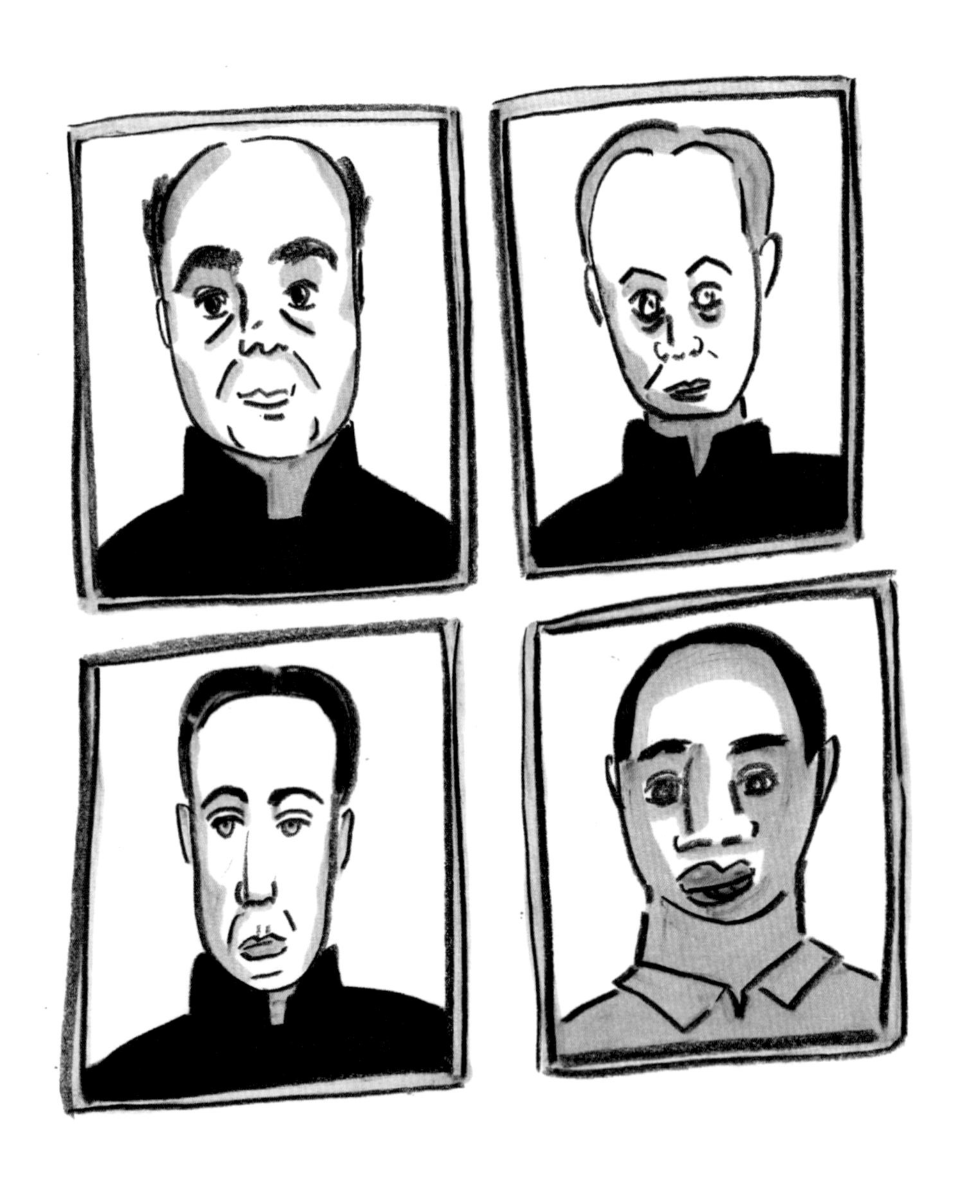

FAMOUS INMATET

REGULATION # 33

DINING ROOM RULES

Meals are served three times a day
in a dinning room. Do not exceed
the ration. Do not wasts foods

투어를 마친 후 배로 돌아왔다. 아저씨는 조금 더 둘러보고 싶다고 하셨다. 나는 배가 떠날 시간이 다 되었기에 그와 작별인사를 하고 육지로 이동했다. 소문만큼이나 흥미로운 곳이었고, 소문만큼이나 알찬 투어였다고 생각했다. 결코 저렴하지 않은 가격에도 불구하고 사람들이 항상 북적이는 데에는 다 이유가 있는 법이다. 다음에 샌프란을 다시 방문하게 되면 꼭 나이트투어를 신청해 으스스한 어둠의 기운을 품은 셀 하우스를 만나보고 싶다.

그림 그리기 싫은 날

한 장, 두 장, 세 장 그림을 연속적으로 망쳤다.

이럴 땐 정말 마음이 무거워지고 그림 그리기가 너무 싫어진다. 보통 이런 날은 그림 그리기를 싹 다 접어버리고 근처 공원으로 나가 햇볕을 쬐곤 했다. 공원에 가보면 강아지들을 산책시키고 있는 사람들이 언제나 많았다. 친구를 만난 강아지들은 서로 짝을 지어 뛰놀다가 바닥을 구르며 장난을 친다. 놀러 나온 어린 아이들은 깔깔거리며 원판 날리기를 하고 있다.

초록빛이 감도는 자연을 바라본다. 초록은 보는 것만으로도 에너지를 준다. 그래서 나는 초록이 참 좋다. 어느덧 부정적인 마음이 가라앉고 밝은 기운이 채워졌다. 다시 그림이 그리고 싶다. 저기 뛰노는 강아지도 그리고 싶고, 재미있는 옷을 입고 나온 사람들도 그리고 싶다. 우뚝 솟은 나무의 위풍당당함도 스케치북에 담고 싶다. 휴대폰 카메라를 슬며시 작동시키고 아름다운 장면을 훔쳐본다. 그리곤 집으로 돌아와 오늘 본 사람과 동물, 자연을 스케치북 위에 옮겨본다.

역시 오늘은 그림 그리기 딱 좋은 날이다!

공원에서 만난
동물들

공원에서 만난 사람들

AMERICA
FUCK
YEAH

GAP

두 눈이 팽팽, 아트 용품점

한국에서 가지고 온 드로잉 노트를 다 썼다. 빨리 하나를 새로 장만해야 한다. 주변에 있는 마트를 돌아다녀 봐도 내가 원하는 재질의 종이는 찾을 수 없었다. 결국은 샌프란에 있는 아트용품점을 검색해서 찾아가게 되었다. 원래는 드로잉 노트 하나만 사서 나올 작정이었는데 웬걸, 규모도 상당히 크고 재미있는 아트 상품들이 굉장히 많다.

눈이 휙휙 돌아간다.

이런 곳에 와서 드로잉 노트 딱 하나만 골라 나올 수 있는 그림 작가는 별로 없을 것이다. 나 역시도 한참을 구경하며 이것저것 필요한 걸 집어 들었다.

방으로 돌아와 새로 산 마카와 드로잉 노트로 그림 그리기를 시작했다. 마카가 참 시원스럽게 잘 칠해진다. 냄새는 좀 독하지만 잉크가 펑펑 잘 나와서인지 금방금방 채우고자 하는 면적을 채워준다. 참 잘

샀다.

저녁이 되어 오늘 산 물건들을 정리하고 가격을 계산해보니 점원이 10달러짜리 드로잉 노트 하나를 계산에 넣지 않은 걸 알게 되었다. 그 점원한테는 미안하지만 괜스레 기분이 좋아지는 건 어쩔 수 없다. 여러모로 봉 잡은 하루다.

여행 속 여행, 라스베가스의 악몽

결론적으로 라스베가스 여행은 나에게 실망감만 잔뜩 안겨주었다. 어디 좀 가볍게 다녀와 볼까 하는 생각에 샌프란시스코 주변 도시를 인터넷으로 검색하다 잘못 얻어걸린 곳이 바로 라스베가스다. 너무 저렴한 비행기 값과 호텔 가격에 혹해 생각도 깊게 안 해보고 일단 가고 보자 결정해버린 실수에 대한 대가이리라.

1

샌프란에서 라스베가스까지는 비행기로 1시간 반이면 충분했다. 라스베가스 공항에 내리니 도박의 도시의 명성에 걸맞게 공항 안에 각종 블랙잭들이 설치되어 있었고 게임을 즐기는 사람들도 몇몇 보였다. 밖으로 나와 스트립(중심가)까지 가는 버스정류장을 찾아 헤매며 한참을 돌아다녔다. 하지만 사람들이 다 잘못된 방향만 가르쳐 주는지 내가 길치인 건지 도무지 정류장은 나올 생각을 안 했다.

공항 밖 라스베가스의 날씨는 미친 듯이 더웠기에 땀은 비 오듯이 쏟아지고 있었다. 햇살이 어찌나 강렬한지 피부가 따끔따끔할 정도여서 일단은 근처에서 택시를 잡아타고 예약해 둔 호텔로 향했다. 택시기사는 어디서 왔느냐부터 시작해 수많은 질문을 한꺼번에 퍼부어 댔다. 오자마자 피곤해서 그런지 평소 같았으면 친절하게 대답해 줄 수 있는 걸 단답으로 짧게 짧게 대답했다. 한참을 가니 드디어 호텔 도착. 택시요금은 내가 인터넷에서 알아본 킬로수 대비 가격에 비해 훨씬 더 많이 나왔고 기사 아저씨는 거스름돈을 팁으로 전부 꿀꺽해 버렸다. 잔돈이 없단다.

나 원 참!

기분은 상했지만 일단은 빨리 올라가서 물 한잔 마시며 쉬고 싶은 마음에 그냥 내려서 호텔에 들어갔다.

2

호텔 내부로 들어와 체크인을 하려고 카운터에 갔다. 내 예약번호를 보여주며 빨리 방을 안내받기를 바랐지만 호텔 측에서는 리조트 요금이라는 것을 추가로 요구했다. 너무 황당하고 어이가 없었다. 그런 게 있다는 내용은 보지도 못했기 때문이다. 그래서 나는 리조트비에 대해서 들은 바가 없고 이미 결제를 했으니 방을 받아야겠다고 말했지만 무뚝뚝한 호텔 직원에게는 씨알도 먹히지 않았다.

때문에 결국 나는 내가 호텔을 예약한 P사에 전화를 하게 되었다.

직원에게 상황을 설명했지만 P사 측에서는 이미 리조트비용에 대한 내용을 공지했으며 나는 동의를 했다는 식으로 나왔다. 알고 보니 긴 약관 및 글 안에 요금에 대한 내용을 숨겨 두었고 그걸 미처 읽지 못하여 이런 불상사가 발생한 것이었다.

하지만 너무 억울했다.

그들이 리조트비를 일부러 숨겨 놓았다고 생각하니 너무 화가 났다. 그런 중요한 내용은 구매자가 아주 잘 보이게 눈앞에 똑똑히 공지를 해주어야 한다. 내 기준으로는 P사가 내용을 의도적으로 숨긴 것으로밖에 보이지 않았다. 이런 식으로 돈을 벌어먹는 비양심적인 회사를 보았나. 물론 내 전화를 받은 직원이 잘못한 부분이 없겠지만, 나는 그녀에게 화를 내며 불만을 표출했다. 이 호텔에 묵지 않을 것이라며 환불을 요청했으나 환불은 안 된다며 딱 잘라 말했다.

MGM
Hakkasan
ABC

그래서 회사를 고소하겠다고 으름장을 놓았다. 그렇지만 나도 안다. 타지에서 아무리 난리를 쳐도 나는 외국인이고, 고소하고 소송을 준비할 시간과 능력은 나에게 없다.

당할 수밖에 없는 거다.

결국 리조트비 명목으로 추가 요금을 내버리고 입실을 했다. 오자마자 택시비와 호텔비를 뜯겼다고 생각하니 기운이 쫙 빠져버렸다. 그냥 샌프란시스코에 다시 돌아가고 싶다는 마음이 불쑥 올라온다.

3

시작은 좋지 않았지만 더 즐거운 일들이 가득할 거란 기대를 안고 밖으로 나가 보았다. 일단 숙소 근처에 있는 정류장에서 버스를 타고 스트립으로 향했다. 멋진 호텔들이 길게 줄지어 있었다. 너무 화려해서 눈이 팽팽 돌아갈 지경이었다. 그러다 목이 말라 근처에 있는 음료 가게에서 생과일주스를 주문했는데 자그마치 2만 원이란다. 가격을 공지해놓지 않았기에 비싸봐야 얼마나 비싸겠어라고 생각했지만 겨우 작은 우유 한 팩 정도의 양에 비해 너무 비쌌다.

씁쓸한 기분으로 고급 주스를 마시며 방에 들어가는 길이었다. 누군가 차를 타고 가면서 나를 향해 음료캔을 던지며 욕지거리를 해댄다. 정말 깜짝 놀랐다. 술에 잔뜩 취한 모양이다. 안 그래도 나빴던 기분이 엉망진창이 되어가고 있다. 그러다가 슬슬 화까지 나기 시작한다.

4

분노를 가라앉히고 이곳에서 뜯긴 돈이나 회수해볼까 싶어 호텔 카지노에서 블랙잭을 돌려본다. 돈을 넣고 공을 들여 스톱버튼을 눌렀는데, 연속 5패. 결국 돈만 더 날리고 게임을 접어야 했다.

이쯤 되니 흑흑 슬프다.

이 도시는 나에게서 돈을 뜯어내려고 혈안이 되어 있는 것처럼 느껴진다. 사람들은 나를 돈으로만 본다. 물론 이곳이 관광과 도박으로 먹고사는 도시인 탓도 있겠지만 결과적으로 여행지를 잘못 선택한 내 탓이 크다.

PIN UP

1

라스베가스가
꼭 안좋았던 것 만은 아니다.
이런 야한 쇼도 봤다.
아름다운 쭉빵 미녀가
옷을 벗고 나와 춤을 추니
남자들이 환호하며
즐거워 한다.

2

멋진 호텔들이 많았다.
호텔에서 무료 야외공연도
많이 보여 준다.

←103층
3
여기가 내가 지낸 호텔.
투숙객에겐 꼭대기 층에서 전망을 볼수있는
무료티켓이 주어진다.
이 곳에 올라가면 라스베가스 전체를
한눈에 볼 수 있다.

Paris
Paris Hotel

4

라스베가스에서 좋았던 기억들을 억지로 찾아본다.

음, 점심때 먹었던 햄버거가 참 맛이 있었어.

경치가 죽여줬지. 밤이 이렇게나 화려한 도시가 또있을까?

호텔 매트리스가 굉장히 편했잖아. 잘고른 호텔이에 디포트 비를 냈다고 해도 공짜 이+겸도 보고.

쇼도 저렴하게 봤으니 그다지 비싼 요금은 아니야.

......

그렇지만 내돈내고 다시 오라고 한다면

절대 다시오고 싶지는 않아.

엑셀시어 라이프

나의 아침은 항상 우리 동네 엑셀시어를 거니는 것부터 시작되었다. 우리 동네는 샌프란시스코의 소마 지역이나 해안가 동네만큼 깨끗하고 잘 닦여 있는 동네는 아니었다. 다른 곳에 비해 이민자나 가난한 이들이 생활터전으로 삼고 있는 동네였다. 길거리에는 쓰레기들이 아무렇지도 않게 버려져 있고, 마리화나를 태운 냄새를 풍기는 홈리스도 많았다(사실 홈리스는 샌프란시스코 어디든 많다). 혼자서 이상한 말을 중얼거리며 지나다니는 정신이 심약한 사람도 하루에 한 번은 꼭 마주쳤다. 처음에는 이런 관경이 너무도 낯설고 무섭기까지 했는데, 조금 지나니 익숙해지고 자연스럽게 받아들여졌다.

이렇듯 좋은 점 하나 없을 것 같은 동네지만 은근히 예술적인 구석이 있다. 유독 멋진 벽화들이 골목골목 숨어있기 때문이다. 지저분하고 빈티지한 이곳의 거리는 멋진 벽화와 오묘하게 잘 어울린다. 두세

골목을 지날 때마다 벽화가 한 개씩은 나오는데 내용도 스타일도 제각각이다.

나도 학생 시절 페인트를 이용해 벽화를 그려본 경험이 있기에 이 작업이 얼마나 고되고 번거로운지 잘 알고 있다. 뙤약볕 아래에서 그림을 고치고 또 고치고, 칠하고 정리하고, 그러다 보면 옷과 손은 페인트로 뒤범벅되기 마련이고 얼굴은 벌겋게 달아오른다. 저 정도 크기의 벽화라면 작가가 그림 하나당 몇 달은 피땀 흘려 그렸을 거다. 그 실력 또한 대단해서 거리에는 예술적인 냄새가 물씬 풍긴다. 이곳에는 자신의 예술적 감각을 마구 표출하고 싶어 하는 사람들이 참 많은 것 같아 보기 좋았다.

멋진 벽화만 있는 게 아니다. 싸고 맛있는 레스토랑도 아주 많다. 내가 아침마다 즐겨가던 레스토랑 두 곳 중 한 곳은 캄보디아 아주머니가 운영하는 곳이었다. 이곳은 샌드위치와 핫케이크를 주로 파는 곳인데 저렴한 가격 대비 맛도 좋고 양도 푸짐하다. 그리고 커피도 굉장히 신선하고 향긋하다.

이탈리아인 가족이 운영하는 레스토랑도 자주 갔는데, 이곳은 샌드위치와 베이글을 팔고 원두의 종류도 굉장히 다양해서 커피를 골라먹는 재미가 있었다. 샌드위치가 너무 맛있어서 매일 아침 출근도장을 찍었다. 대부분의 미국에 있는 프랜차이즈 레스토랑은 음식 맛이 너무 짜거나 강하다. 하지만 개인이 운영하는 식당들 중엔 신선한 재료에 푸짐한 양, 그리고 저렴한 가격이 매력적인 곳들도 많다. 특히나 앞의 두 곳은 다른 곳에 비해 건강하고 깨끗한 재료를 사용하는

1

엑셀시어에게서 본 멋진 변화

것 같았다. 미국은 아침에 일찍 일어나 밖에서 식사를 즐기는 사람이 많기 때문인지 이 두 음식점은 아침마다 맛있는 식사를 즐기기 위한 손님들로 항상 북적인다. 반면에 저녁 7시가 되면 대부분의 레스토랑과 상점은 문을 닫곤 한다.

매일 아침 레스토랑에서 식사를 했기 때문에 자주 마주치는 얼굴들이 있다. 그중 한 명이 릴리라는 이름을 가진 여자다. 그림책을 보고 있는 나에게 그녀는 관심을 가지고 대화를 걸어왔고 우리는 자연스레 동네 친구가 되었다. 그녀는 동네의 유용한 정보를 제공해주거나 근처에서 하는 파티에 나를 초대해주기도 했다. 그 덕에 하루하루 지날수록 주변에 아는 사람들이 생겨 더 재미나게 이곳 생활을 이어나갈 수 있었다. 그녀 덕분에 식당도 일종의 커뮤니티 공간이 될 수 있구나 하는 생각이 들었다.

커뮤니티 공간 하면 엑셀시어 도서관을 빼 놓을 수 없다. 이곳 도서관은 여러 가지 행사를 주최하고 사람들을 모아 마을의 중심 역할을 톡톡히 한다. 미술행사, 음악행사 등 다양한 정보를 이곳에서 얻을 수 있고 신청을 하면 참가할 수도 있다. 언제든 도서관에 오면 이러한 프로그램을 참가하려는 사람들이 북새통을 이룬다. 시니어를 위한 컴퓨터 강좌가 열리는 날에는 미국인 노인들로 가득 차기도 하고, 엄마와 아이가 같이 요리하는 행사를 하는 날에는 귀여운 아이들을 데리고 나온 엄마들로 가득하다. 대부분 무료로 진행되기 때문에 금전적인 부담 없이 가벼운 마음으로 교육의 혜택을 누리는 것 같아 부럽기도 했다.

나는 종종 도서관을 방문하면 그곳에 온 사람들을 몰래 그리는 일을 즐겼다.

신문이나 가십지를 읽고 있는 동네 노인들,

학교를 마치고 엄마 눈을 피해 컴퓨터 게임을 하려고 온 소년들,

조별 과제로 토론 중인 아이들,

선생님에게 개인교습을 받고 있는 학생들,

사색에 잠겨 있는 사람들,

갈 곳이 없어 도서관에서 책을 보며 시간을 때우고 있는 홈리스 등

인종도 나이도 가지각색이어서 그림 그리는 재미에 푹 빠져 지냈다.

우리 동네는 다양한 인종만큼이나 여러 문화의 향취를 느낄 수 있는 것이 가장 큰 장점이다. 이곳의 거리를 걷다보면 여기가 미국인지 남미인지 아시아인지 아프리카인지 모를 정도로 여러 문화권의 감성이 뒤죽박죽 섞여 있다. 중국어, 스페인어, 러시아어 등등 간판에 쓰여 있는 언어도 가지각색이다. 전 세계 사람들을 집합시켜 놓은 작은 동네랄까 때문에 이곳이 더 매력적으로 와 닿는 것 같다. 뭐가 뭔지 모르겠고 뒤죽박죽 지저분한 동네인 건 확실하지만, 왠지 모르게 사랑할 수밖에 없는 우리 동네가 너무 좋다.

2 엑셀시어 공공 도서관

우리 동네 사람들

1. 루카

내 옆방 친구 루카. 그는 내가 이곳에 와서 가장 가깝게 지낸 친구다. 살짝 까무잡잡한 피부와 큰 키, 스마트함까지 두루 갖춘 매력 있는 이탈리아 청년. 어떨 때 보면 느끼한 이태리 아저씨 같아 보이고, 어떤 날은 고등학생 남자아이 같아 보인다. 이탈리아인답지 않게 유머가 부족한 게 가장 큰 단점이라면 단점이다. 요리하길 좋아하고 먹는 것도 참 잘 먹는다. 언젠가 자기 이름으로 레스토랑 하나 차릴 거란다.

2. 수다쟁이 데이비드

내가 살고 있는 집에는 세탁기와 건조기가 없어 3분 정도 떨어진 다른 집에서 빨래거리를 해결해야 했다. 그 집에는 수다쟁이 대학생 한 명이 살고 있었는데, 빨래를 하러 갈 때면 꼭 그 아이와 마주치곤 했다. 어찌나 말이 많고 빠른지, 만날 때마다 정신이 없었다. 그는 나와 처음 만난 날 자신의 인생을 처음부터 끝까지 다 얘기해줬다. 만난 지 2시간쯤 되었을 땐 마치 그를 3년 동안 알고 지낸 것처럼 느껴지는 이상한 경험을 했다. 두 번째 만났을 때도 너무나도 빠른 속도로 많은 말들을 쏟아낸 나머지 머리가 핑 돌았다. 그 후로 빨래하러 갈 때면 그가 집에 있는지 없는지 눈치를 살피며 피해 다녀야만 했다.

3. 엘살바도르에서 온 제니퍼

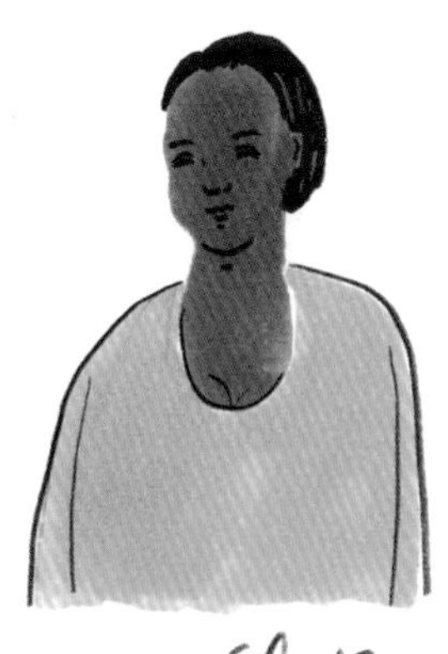

도서관에서 갑작스레 말을 걸어온 엘살바도르 출신 제니퍼는 아홉 살 때 미국으로 와서 지금까지 살고 있다고. 한국에 대한 호기심도 많고 와본 경험도

있단다. 돌솥비빔밥과 김치를 아주 좋아해 종종 한국 식당에 가기도 한다.

4. 아래층 가족

내 방 아래층에는 스페니시 가족이 살고 있다. 가끔 세 명의 아이들은 2층으로 올라와 놀곤 했다. 나에게 호기심 어린 눈길을 보내고 수줍게 인사를 건넨 귀여운 꼬마들이었다. 아이들의 부모님을 실제로 본 적은 없다. 하지만 종종 아래층에서 크게 말다툼하는 소리가 내 방까지 들려왔다. 어쩜 그리 크게 소리를 지르며 싸우던지 부모가 싸우는 동안 어린 자녀들이 두려움에 떨고 있진 않을지 내심 걱정이 됐다.

5. 귀여운 싱글맘 릴리

단골인 식당에서 자주 마주치게 되어 친해진 릴리는 통통하고 귀여운 싱글맘이다. 성격도 생김새처럼 동글동글하고 부드럽다. 그리고 유머러스하기까지 하다. 그런 성격 덕분에 그녀를 보면 누구라도 웃게 된다. 한번은 릴리가 주최한 파티에 초대받아 간 적이 있었는데, 그녀의 뛰어난 유머감각과 음식 솜씨 덕분에 모두들 행복한 시간을 보냈다.

6. 릴리의 딸 재스

릴리 아줌마의 중학생 딸. 릴리를 아주 쏙 빼닮았다. 누가 봐도 모녀라 알 수 있을 정도다.

GAP

괴롭지만 가끔씩은 운동도

나는 운동하는 걸 굉장히 싫어한다. 그냥 싫어하는 게 아니고 정말 싫어한다. 남들은 운동을 하면 머리가 맑아지고 몸이 개운해진다던데 나는 운동만 하고 나면 피곤하고 머리가 어지럽다. 그래서 운동하러 갈 시간만 되면 기분이 다운되고 우울해지기 일쑤이다. 그럼에도 건강에 워낙 관심이 많은 나에게 있어 운동이란 싫지만 꼭 필요한 존재이기에 헬스도 다녀보고, 재즈댄스, 스피닝 등 안 해본 게 없을 정도다. 물론 등록해놓고 빠진 날이 반 이상은 되지만 말이다.

역시 이곳에 와서도 운동을 잘 하지 않았다. 그냥 걷기 운동 정도가 다였다. 언젠간 친구에게 나는 산책을 제법 좋아하니 굳이 운동을 할 필요가 없다고 주장한 적이 있다. 그러자 친구는 "걷는 것도 제대로 걸어야지, 너처럼 흐물흐물하게 걷는 게 퍽이나 운동이 되겠다"라며 도리어 면박을 주었다. 루카에게도 같은 주장을 했으나 그는 "운동과 움직임은 달라요"라는 명쾌한 해석을 내놓았다.

결국 나는 이곳에서 움직임이 아닌 운동을 해보기로 마음먹었다. 아침 일찍 일어나 밖에 나와 보면 조깅을 하는 사람들이 많이 보인다. 운동을 열심히 즐기는 사람은 그렇지 않은 사람들보다 확실히 날씬하고 건강해 보였다. 열심히 하는 그들을 보며 나도 힘차게 준비운동을 시작했다. 그리고 동네를 크게 한 바퀴 뛰기 시작했다. 주말이라 그런지 나처럼 아침 운동을 나온 사람들이 평소보다 더 많았고 애완견과 함께 산책을 나온 사람들도 눈에 많이 띄었다.

처음엔 할 만했다. 하지만 10분이 지나고 15분이 지나니 역시 운동은 쉽지 않았다. 괴롭다, 걷고 싶단 생각만 머릿속을 가득 메웠다.

'나는 건강해지고 있어, 근육에 집중해. 이 괴로운 기분을 즐겨보라고!'

머릿속으로 외쳐대며 악을 써보지만 소용없다. 원래 목표는 일정한 속도로 30분을 달려 집으로 되돌아오는 거였지만 중간에 쉬고 걷다 보니 결국 50분이나 걸렸다. '첫날이니까 무리할 필요 없다. 조금씩 해 나가면 되는 거다'라며 스스로를 다독여도 보지만 마음 한구석엔 '재미없어. 정말 하기 싫다'라는 꼬인 마음이 사라지지 않는다.

어떻게 하면 운동을 정말 재밌게 할 수 있을까 항상 생각하지만 끝까지 풀리지 않는 의문이다. 한 번은 이런 상상을 해본 적도 있다. 오큘러스 리프트 같은 걸 머리에 쓰고 헬스자전거를 타며 주변의 환상적인 관

경을 3D로 체험하는 거다. 페달을 밟는 속도도 프로그램의 영상 속에 반영되면 더욱 실감날 것 같다. 가상의 공간에서 자전거를 타며 옆 사람과 속도 경쟁을 하기도 하고 아름다운 경치를 감상하기도 한다. 멀리 가면 갈수록 더 멋진 풍경들이 나오고 빠르게 달리면 달릴수록 내 레벨도 상승된다. 마치 게임을 하듯이 말이다. 그런 운동기구가 개발된다면 적어도 1년 이상은 꾸준히 해볼 수 있을 것 같다. 누군가 국민 건강을 위해서라도 이런 재미있는 운동기구를 좀 개발해 줬으면 좋겠다.

금문교,
그 개고생의 추억

파란 하늘을 가로지르는 한줄기 붉은 선 밑으로
끝없이 깊어 보이기만 한 바다.
다리를 건너고 있는 형형색색 자동차들과
붉은 선 따라 라이딩하는 사람들.
이 모두가 영화 속 한 장면을 만들어 내고 있다.
나도 그들을 따라서 무작정 금문교를 건너기 시작했다.
다리에 들어서자마자 세찬 바람이 얼굴을 때린다.
머리카락도 마구 헤집어 놓는다.
바닷바람이 굉장히 차갑다.
옷을 끌어당겨 여며 보지만 하나도 소용이 없다.
몸만 오들오들 떨려온다.
그래도 조금 더 가보기로 한다.

'그래봤자 다리인데 길면 얼마나 길겠어.'

내 뒤로 소풍을 온 고등학생들이 선생님의 지시에 따라

다리를 건너기 시작한다.

나의 학창 시절이 떠오른다.

학생들과 선생님은 나를 추월해서 지나간다.

여전히 춥다.

손발은 얼음장 같고, 귀는 떨어져 나갈 것만 같다.

아, 돌아가고 싶다!

그런데 딱 절반쯤 온 것 같아 그럴 수도 없다.

힘내서 앞으로 나아가야 하는데 손의 감각은 이미 마비되었고,

다리는 힘이 풀려간다.

'버스 타고 건널 걸.'

뒤늦은 후회가 밀려온다.

다리는 건너도, 건너도 끝이 나질 않는다.

속았다. 이렇게 길어 보이지도 않았는데...

어떻게 30분 이상을 다리 위에서

이 맹렬한 추위와 싸워야 한단 말인가.

자전거를 탄 사람들이 빠르게 내 옆을 지나간다.

무척 부럽다.

나도 뒷좌석에 태워 가달라고 말하고 싶다.

힘들다, 아, 힘들다!

그렇지만 끝이 보인다.

조금만 힘내자.

결국 고생 끝에 무사히 다리를 건넜다.

나와 함께 다리를 건넌 학생들은 다리 끝에서 기다리고 있는 차를 타고 어디론가 사라졌다.

다리를 건너면 '소살리토'라는 예술가의 마을이 나온다고 했는데, 눈앞엔 차도 외엔 아무것도 없었다.

그리고 그 차도의 끝은 보이지 않았다.

'아, 어쩌지 다시 되돌아가야 하나!'

아쉬운 작별

귀국 날짜를 변경해 조금 더 이곳에 머물까도 생각했지만 결국 그러지 못했다. 오늘이 벌써 여행의 마지막 날. 이곳에 첫발을 디딘 게 벌써 한 달 전이라니, 가는 시간이 참 야속하단 생각을 했다.

오랫동안 닫혀 있던 여행가방을 열어 짐을 싸기 시작했다. 그동안의 추억이 불쑥 떠올라 괜스레 마음이 짠해진다. 돌아가고 싶지 않을 만큼 이곳에서의 기억이 너무 좋았다. 지금 가버리면 한국에 가서도 샌프란이 눈에 밟힐 것만 같았다.

한편으로는 새로운 기분으로 시작할 한국에서의 나날들이 기대되기도 했다. 무엇보다 기대되는 것은 맛있는 한국 음식들. 그동안 먹고 싶어 드로잉 노트에 종종 한국 음식을 그렸었는데, 이제 그것들을 다 먹을 수 있단 생각이 드니 마음속에 작은 위로가 된다.

술을 그다지 좋아하지는 않지만 마지막 날인 만큼 일주일간 냉장고 속에 묵혀두었던 맥주 한 캔을 땄다. 그리고 빵, 과자 할 것 없이 방 안에 있는 모든 음식을 모조리 먹어치웠다. 마지막 저녁으로 루카와 피자 한 판에 와인까지 챙겨 먹었는데, 무슨 맘인지 뭔가가 부족

한 기분이 들었다. 나는 채워지지 않는 마음을 먹을 걸로 대신 채우려 하고 있었다. 결국 초콜릿바 두 개까지 알차게 챙겨 먹고 나서 마지막 분리수거도 하고 쓰레기도 내다 버렸다.

2시간 동안 짐을 싸고 방청소를 깨끗이 마쳤다. 걸레를 적셔서 서랍 구석까지 깔끔하게 닦아내니 처음 이곳에 도착했을 때와 다를 바 없는 방이 되었다. 누구도 살다 가지 않은 것 같은 주인 없는 방을 마주하니 비로소 떠날 수 있는 마음의 준비가 되었다.

집을 나서려는데 루카와 마주쳤다. 새벽에 혼자 나가면 위험하다며 바트 역까지 바래다 준단다. 참 고마운 친구다. 올 때보다 무거워진 내 트렁크를 역까지 끌어준 그는 웃으며 조심히 가란 말을 한다. 나는 떠나가는 바트 안에서 그의 마지막 모습을 보며 손을 흔들었다. 그리곤 시야에서 멀어져가는 루카를 한참 동안 바라보았다.

언젠가 다시 만나게 되겠지

루카도 그리고 샌프란시스코도.

goodbye

Epilogue

네 권의 드로잉 노트를 내 그림으로 가득 채워 돌아왔다. 그곳에서 열렬히 관찰했던 사물과 사람 그리고 자연은 고스란히 내 기억과 노트 안에 담겨졌다. 기억은 서서히 흐려지겠지만 내가 남긴 그림만큼은 그때의 기억을 사진보다 생생하게 되돌려 줄 것이다.

내 시선이 닿았던 곳, 느꼈던 감정들이

온전히 내 그림 안에 녹아있기에.

돌아오는 비행기에서 내가 그린 그림들을 쭉 훑어보았다. 제일 처음 든 생각은 더 잘 그리고 싶다는 맘. 그렇지만 양손에 한가득 느껴지는 드로잉 노트의 무게감이 썩 나쁘지 않다. 아니, 무척 좋다. 그린 만큼 얻어가고, 얻은 만큼 새로운 것이 더 보이는 게 그림이다. 그렇게 나는 샌프란 여행에서 한가득 얻고 돌아오게 되었다.

여행이 준 건 그림뿐만이 아니다. 소중한 인연도 만들었다. 잠시 동안 한 지붕 아래 가족처럼 지냈던 루카와 줄리아 그리고 그 외에 인연이 되었던 많은 사람들. 꽤 오랫동안 기억될 것 같다. 언젠가 또 한 번의 인연이 닿는다면 다시 만나 샌프란시스코에서의 추억을 꺼내보고 싶다. 향긋한 커피 한잔 마시면서.

여행 후 변한 점이 있다면 바로 글을 쓰게 되었다는 점.

새로운 경험이었다. 머릿속에 맴돌았던 이야기들을 글로 정리해 옮긴다는 건 사실 쉽지 않았다. 하지만 글 쓰는 일은 굉장히 성취감이 느껴지고 뿌듯한 작업이었다. 나만의 이야기를 풀어내 여러 사람과 공유한다는 건 굉장히 뜻깊은 일이다. 앞으로도 그림과 더불어 글을 쓰는 일을 게을리하지 않겠다고 다짐해본다.

어떤 사람들은 여행을 준비하는 과정이 제일 신났다고 하지만, 나는 여행 전 준비와 설렘이 여행을 온 후 만나는 실제적인 경험에 비할 수 없다고 생각한다. 내 두 눈에 고스란히 담기는 장면, 그 속에서 느끼는 나의 감정만큼 소중했던 것은 없었다. 그러니 걱정은 필요 없다. 너무 많은 준비도 필요 없다.

일단은 떠나자!

손에는 카메라 대신 드로잉 노트와 연필을 든다면 금상첨화다. 그렇게 하루하루 그려나가다 보면 더 새로운 자신을 발견하게 될지도!

나는 오늘도 새로운 드로잉 프로젝트를 계획해본다.

앞으로도 나의 세계로의 방랑은 계속될 것 같다. 쭈~~~욱!

San Francisco
Coloring page 1

23

San Francisco Coloring page 2

그냥 떠났어

초판 1쇄 | 2018년 7월 30일

글·그림 | 이영민
펴낸이 | 이금석
기획·편집 | 박수진, 박지원
디자인 | 김경미
마케팅 | 픽순식
물류지원 | 현란
펴낸곳 | 도서출판 무한
등록일 | 1993년 4월 2일
등록번호 | 제3-468호
주소 | 서울 마포구 서교동 469-19
전화 | 02)322-6144
팩스 | 02)325-6143
홈페이지 | www.muhan-book.co.kr
e-mail | muhanbook7@naver.com

가격 14,000원
ISBN 978-89-5601-406-7 (03810)

잘못된 책은 교환해 드립니다.
『I feel 샌프란시스코』의 개정판입니다.

CANADIAN
Anchor